ALEXANDRU CHERMELEU

ALEXANDRU CHERMELEU

DESCULȚĂ PRINTRE PIETRE RECI

VOLUMUL 1

STYLISHED
Timișoara, 2018

Descrierea CIP a Bibliotecii Naţionale a României
CHERMELEU, ALEXANDRU
Desculţă printre pietre reci / Alexandru Chermeleu.
Timişoara : Stylished, 2018-
2 vol.
ISBN 978-606-94540-6-0
Vol. 1. - 2018. - ISBN 978-606-94540-7-7

821.135.1

Editura STYLISHED
Timişoara, Judeţul Timiş
Calea Martirilor 1989, nr. 51/27
Tel.: (+40)727.07.49.48
www.stylishedbooks.ro

VOLUMUL 1

DESCULȚĂ PRINTRE PIETRE RECI

În loc de cuvânt înainte...

Acest roman poate fi povestea ta!

Stilul metaforic folosit reprezintă o
trecere ușoară de la agonie la extaz.
Și invers.

Evidențierea trăirilor
se face sublim, accentuat.

De la deznădejde la speranță,
de la furie la împăcare,
de la trădare la iertare
și de la dor la iubire.

Îmi doresc ca tu, cititorul meu drag,
să fii ajutat de această carte
și să depășești orice moment de cumpănă
apărut în Universul tău.

A.C.

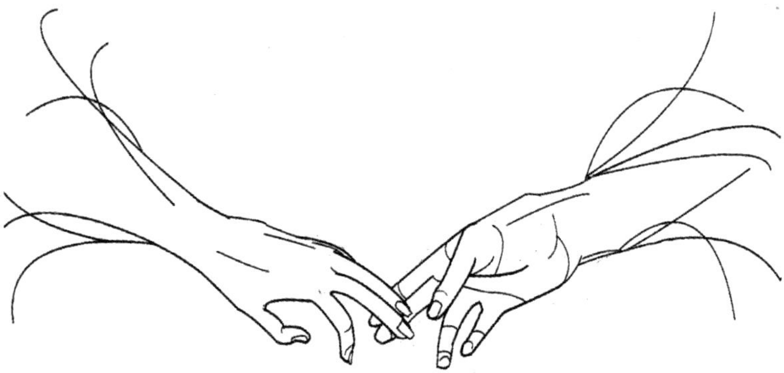

Uneori, ți-ai dori să uiți tot. Să ai creierul lobotomizat de mii de curcubeie ce-ți străpung sinapsele. Să fii purtat de unicorni și să călărești gânduri, milioane de trăiri, nori albaștri. Uneori, ți-ai dori să nu mai știi nimic. Să nu-i mai recunoști pe cei care ți-au smuls din inimă. Să nu-i mai pui la suflet pe cei care ți-au spart oglinzile. Spunându-ți că tu ești frumos numai atunci când ei voiau. Uneori, te saturi să mai fii regină. Atunci când regele e îmbătat de o nebună. Atunci când soarele se mută și el pe lună. Când mozaicuri se desprind din castelul vostru. Un castel de nisip în care cei dragi și-au împiedicat tălpile. Uneori, ți-ai dori să uiți tot. Castele, soare, luna și-un nărod.

— Helen? Helen! Pierdem trenul!

Era prima oară, în ultimii cinci ani, când am văzut-o pe mama atât de entuziasmată. Când am simțit-o fericită. O mamă ce și-a înfrânt durerea și nu s-a lăsat răpusă de cancer. Un cancer ce i-a măcinat sinapsele, i-a dat viața peste cap și i-a rearanjat stelele din inimă. O mamă ce și-a ascuns tristețea din ochi pentru toți cei dragi de lângă ea. Un martir al poveștilor triumfătoare de viață. Nu am înțeles niciodată de ce nu semăn cu ea. Când toți îmi spuneau că suntem ca două picături de apă. Complimente eterne. Așa sunt oamenii.

Nu i-am înțeles pe cei care te adoră „gratuit", spunându-ți ce vrei să auzi. De unde știu ei ce vrem noi să auzim? Uneori, nu ne dorim să auzim nimic. Nici măcar o șoaptă presărată peste timpanul timpului. Uneori, ne dorim să asurzim în fața vieții și a personajelor ei colorate. Uneori, ne dorim gri. Mult gri. Fără nicio altă nuanță de azi, ieri sau mâine. Doar o fărâmă de timp ce nu poate fi cuprinsă între două degete. Însă, astăzi mi-am ascultat inima și m-am decis să zâmbesc. Și nu pentru că aș avea motive. Am toate motivele din lume să plâng. Să îmi adun genunchii, să îmi împreunez mâinile și să îmi plec capul peste veacuri. Să îmi dau drumul lacrimilor să îmi alinte picioarele. Să plâng ca o nebună ce a uitat cum e să fii fericită.

O nebună ce a uitat cât de scurtă, dar frumoasă este viața. O nebună ce a refuzat mulți ani să înțeleagă că oamenii trebuie prețuiți și iubiți, aici și acum. Nu mâine sau mai târziu. Pentru că uneori e prea târziu. Mult prea târziu pentru țineri de mână, povești și amintiri frumoase. Uneori, e prea târziu pentru voci care să-ți mângâie auzul. Uneori, oamenii dragi pleacă atunci când te aștepți mai puțin. Iar puținul acela te va bântui toată viața. Precum o fantomă desprinsă dintr-un tablou macabru.

Astăzi zâmbesc! Mama zâmbește și ea! Zâmbim amândouă! Astăzi suntem fericite! Astăzi călătorim! Împreună...

Gândurile lui Helen o linișteau acum. Pentru un moment scurt ce îi părea infinit, o luase pe mama ei de mână, imortalizată în clipe unice, doar ale lor. De mult nu au mai călătorit împreună. Ziua aceasta era despre ele două. Ziua aceasta era despre împăcare, iertare, bucurie și speranță. Ziua aceasta era perfectă. Nu avea nimeni cum să o strice.

— Încă te gândești la el, îi rosti mama ei cu un zâmbet parcă forțat de amintiri.

— Mamă, nu face asta! Azi e despre noi două!

Două nebune pe un peron al vieții. Lacrimile lui Helen erau nevăzute. Precum demoni ce fug și dispar mai apoi la văzul crucii. Ca o nălucă ce încetează să mai fie. O simplă umbră ce se ascunde acum după perdelele regretelor amare. Helen nu mai plângea. A plâns destul. Pentru o mie de vieți de acum înainte. Pentru trecut, prezent și viitor. Devenise mută în fața suferinței. A patimilor ce i-au năpădit toate visele. Până și ele lipseau, uneori. Încetase să mai viseze.

— Îmi pare rău! Ai dreptate! Azi e despre noi două. Despre familie și încredere! Despre copilărie și despre prezent. Azi sunt bucuroasă! Fata mea mă scoate la plimbare. O plimbare cu trenul de pe vremea bunicilor. Ce frumoasă este viața! Ce urât e atunci când uităm să o mai vedem așa! Poate că boala are și acest rost, să ne aducă împreună, să reînvățăm frumusețea clipei, să zâmbim tristeții, pentru că ne țese amintiri, ca să ne pregătească de drum, să ni le punem în traista călătorului care are nevoie de merinde pe ultimul itinerar...

— Așa e, mamă! Viața e mereu frumoasă! Așa cum ești tu acum! Strălucești mai tare decât adineauri. Hai să ne ocupăm locurile, îi spuse Helen cu o voce grăbită de copil.

Mai erau câteva minute până la plecarea trenului, însă Helen simțea cum pământul parcă se mișcă sub picioarele ei. Era nerăbdătoare. Nerăbdătoare să plece din orașul acesta dement și agitat. Un oraș plin de culori dubioase și de personaje neatente. În care oamenii de pretutindeni își ascund temerile. În care regulile de circulație sunt încălcate zilnic. Precum regulile inimii. Oamenii au uitat să mai fie oameni. În primul rând cu ei. Mai apoi cu restul. Oamenii calcă acum peste cadavre și se înfruptă din mirosul neputinței altora. Un oraș plin de păcate și de secrete. Un oraș în care, de multe ori, uiți cine ești. Un oraș care te intoxică cu fumul ignoranței și al slavei deșarte. Un oraș în care luminile se sting înainte de încununarea zorilor și insistă să lumineze strident în noapte.

Azi aveau să părăsească acest loc. Pentru o săptămână, lăsau totul în urmă. Ca două firicele de praf uitate pe o comodă veche. Ca două stele ce se desprindeau de cer. Lăsând în spate o negură deplină. Astăzi aveau să se reîntoarcă la casa părintească. Acolo unde Helen a făcut primii ei pași. Acolo unde scâncetul ei de copil se făcea, pentru prima oară, auzit. Acolo unde bunicii ei o așteptau mereu cu lacrimi pe obraji și cu bucate alese. Acolo unde florile te îmbrățișau cu mirosul lor efemer. Unde râuri curgeau peste văi aprinse. Unde oamenii îți cunoșteau sufletul. Astăzi aveau să revadă acel loc. Să-și alinte inima cu clipe îngropate în cufărul amintirilor de odinioară.

— Știi că doar pe tine te mai am, îi spuse Helen mamei sale, aplecându-se ușor peste umărul ei.

Mama ei o sorbi din priviri și îi răspunse:

— Pe mine m-ai avut întotdeauna! E timpul să înveți să te ai și pe tine! Atunci vei ști că e suficient!

Aceasta e povestea lui Helen...

După un an...

Ce culori bizare! O viață în culori. Așa mi-am scăldat sufletul. În milioane de culori aruncate și amestecate peste timpuri. Vitralii și emoții! Cioburi de sticlă presărate pe covorul regretelor...

— Povestește-mi despre mama ta, Helen!

Precum un fulger ce îi zdruncina lăuntrul ființei, Helen amuți, iar ochii aveau acum o căutătură abătută.

— Mama... Mama e acum liniștită. Ca o furtună ce a îmblânzit coama valurilor spumoase peste nisipul răsfirat printre maluri, iar mai apoi s-a făcut nevăzută. Domolită fiind de șoaptele unui apus de inimă. Mama e acum cu ochii pe mine. Așa a fost mereu. Numai că acum o simt că mă privește, așa cum mă însoțea mereu, când nu simțeam, sau poate nu trebuia să simt atunci când era aici. E ciudat și trist, înțelegem cât de mult i-am iubit pe cei care ne-au dat viață, doar după ce pleacă.

Privirea lui Helen trăda o suferință primordială. Mama ei nu mai era lângă ea. Lupta de pe pământ se încheiase. Însă, lupta în ceruri fusese câștigată sau de-abia-ncepuse, cine putea să pătrundă marea taină? Așa-i plăcea să creadă...

— Mama e acum în Rai! Și-a câștigat dreptul ăsta. Un suflet nobil. Un suflet de copil pur. Un luptător ce și-a ținut garda sus întotdeauna. Ca un boxer profesionist ce a înțeles că nu poți câștiga fără durere. Un campion peste veacuri. O amazoană desăvârșită. O mamă în adevăratul sens al cuvântului.

Cu mâinile aproape tremurânde și cu inima grăbită și strânsă, Helen se ridică de pe scaun și se îndreptă înspre fereastră.

— Mă întreb oare ce e în mintea oamenilor de afară? Oare dacă am ști tot ceea ce se petrece cu ceilalți, dacă le-am cunoaște suferințele și dacă am resimți la fel de mult durerea lor, vom putea deveni mai buni? Mai transparenți, unii cu alții? Am învăța din nenorocirile altora? Ne-am căi sufletul?

Visătoare, își rezemă brațele de marginea geamului și privi în gol. Sute de mașini îi treceau prin fața ochilor. Urmate de mii de alte suflete. Priveliștea de la etaj era paralizantă. Totul era condensat printr-un singur ochi de sticlă. Toate trăirile lumii.

M-am întrebat mereu cum e să fii Dumnezeu, măcar pentru câteva ore. Să privești omuleții de pe pământ cum își văd de viața lor. De problemele lor zilnice, ferindu-și privirile de alte priviri. De alți oameni. Cum ar fi să urmărești de sus totul? Să fii atent la cel care traversează strada, neștiind că urmează să fie lovit, brutal, de mașina ce nu a văzut lumina roșie a semaforului. Să oprești timpul, să încremenești figurinele vieții și să amortizezi peisajul de sub tine. Să iei apoi, între două degete, omulețul de pe stradă și să îl așezi, înafara pericolului. Fără ca el să știe ceva. Să-i mai acorzi o nouă șansă. Un nou început. Gândurile îi erau acum întrerupte de cealaltă voce prezentă în cameră.

— Helen, te simți bine?

— Pentru câteva ore, mi-aș fi dorit să pot

schimba ceva. Pentru ea. Pentru tatăl meu și pentru Cristoph. Toți oamenii dragi pe care i-am pierdut atât de repede. Să fiu un dumnezeu mai mic, să îi pot lua în palme și să îi păstrez în viața mea. Să câștigăm mai mult timp. Unul cu celălalt. Să ne cunoaștem mai bine.

— Helen, totul e în regulă? Spune-mi, ce gânduri ai?

Pierzând din privirile aruncate pe fereastră, se făcea că nu aude și, cu o voce ușoară ce o conducea lin spre ieșire, spuse:

— Nu mai pot! E un gol mult prea mare în sufletul meu. Un gol ce nu îl poate umple nimeni. Cel puțin, nu acum. Nu atât de repede. Ne vedem săptămâna viitoare. Cu pașii apăsați, se îndreptă spre ușa care i se părea, acum, atât de îndepărtată.

— Vrei să te duc eu acasă?

— Mulțumesc, însă nu e nevoie. Astăzi voi lua autobuzul.

Cu capul în nori, dar cu picioarele pe pământ, Helen păși în afara clădirii. Era întâmpinată de o primăvară târzie. Vântul ce adia ușor îi deslușea părul lung și moale. Razele soarelui îi mângâiau chipul curat și pomeții îmbujorați. Helen era frumoasă. Cu o statură peste medie, cu picioare drepte, cu o talie subțire și forme rotunde pictate în asfințit, atrăgea priviri continue. Mâinile îi erau fine, cu degetele lungi, ca prelungirea unor clape de pian, ca sunetul unui cântec ce rămăsese suspendat în aer. Privirea îi era caldă și atentă, asemenea unui pianist ce apasă clape prietenoase. Treizeci și una de primăveri îi alintau acum trupul fraged. O vârstă la care tinerii ar trebui să fie prieteni cu zeii. Să se simtă nemuritori. Așa cum Helen se simțea odată. Așa cum i-a învățat și ea pe alții să se simtă. Uitându-se împrejur, totul i se părea de un gri cenușiu. Oamenii păreau și ei, transparenți. Nu auzea nimic în jurul ei. Totul era acoperit de o stranie tăcere ce îi încolțea simțurile. Deși încerca să privească manifestul cotidian, să audă zumzetul constant ce o înconjura, ființa ei era izolată. De tot ceea ce se petrecea afară. Nimic nu putea pătrunde în interior. Nu mai era în stare să recunoască frumusețea naturii ce i-a fost dăruită în acea zi frumoasă. Soarele de pe cer nu reușise să îi atingă sufletul. Nu încă...

Mai erau șapte minute până la următorul autobuz ce urma să o conducă acasă.

Tocurile puternice sfărâmau acum pietricele pierdute peste pavajul lung din fața ei. Cu mintea abătută, dar cu ținuta fermă și parcă pregătită pentru un protest împotriva vieții, Helen se îndreptă spre stația Hope.

Era cea mai aglomerată stație din oraș. Acolo unde arterele principale se uneau. Unde zeci de autobuze își întorceau spatele și se făceau nevăzute, făcând loc altora. Acolo unde metrouri se ascundeau sub betoane încinse și fără de glas. Unde gara nu era foarte departe. O zonă de tranzit. Un loc în care sute și mii de oameni se întâlnesc, zi de zi, clipă de clipă, fără să se cunoască. Fără să își vorbească. Fără a se opri din drumul lor grăbit spre viață, pentru o fărâmă de secundă și pentru a le zâmbi, măcar în treacăt, celor de lângă ei. Acolo unde, parcă auzi tot ce gândește fiecare. Unde toate speranțele omenirii se unesc în același punct. Unde respirațiile se întrepătrund. Unde pașii fiecăruia se acordă la unison cu pașii cotidieni. Unde oamenii mor și renasc. Ca o fântână dătătoare de viață și născătoare de iluzii.

Acolo unde Helen a descoperit povești de viață, îngeri, demoni și comori ascunse.

Acolo unde Helen l-a întâlnit pe... el.

— Locul acesta e minunat. Puțin cam retras, însă minunat. Dacă te uiți ușor peste umărul meu vei vedea vestitul far MorningStar ce păzește gloriosul port Luckstone. Toate luminițele pe care le vezi în depărtare sunt vapoare ce au dat mâna cu malul. E uimitoare priveliștea. Un oraș într-un alt oraș. Se zvonește că portul adăpostește comori nemărginite. Încă de pe vremea Corintului. Îți vine să crezi minunăția asta?

— Domnule Cristoph, băutura aceasta este din partea casei. Un Bourbon alintat în arome străvechi. Pentru doamna avem...

— Doamna nu bea în seara aceasta. Cel puțin, nu acum. Nu se simte în apele ei, spuse Cristoph cu o voce caldă, dar fermă.

— Prea bine! Voi reveni!

— Mulțumesc, Stephan. Mulțumesc și pentru whisky. Îl voi savura tacticos, îi răspunse Cristoph chelnerului, ascunzând un zâmbet nevinovat și pal.

— Încă ești vrăjită de luminițele din zare?

Căzută pe gânduri și surdă la cuvintele lui, îl întrebă:

— Spune-mi, Cristoph, tu crezi în comori?

— Am crezut! Am crezut în comorile ascunse în oamenii pe care i-am întâlnit de-a lungul vieții. Am crezut în miracolele de ieri, azi și mâine. Nu știu în ce mai cred acum. De ce mă întrebi?

— Sunt curioasă! Curioasă dacă ai descoperit comoara adevărată.

— Probabil am descoperit-o și am încuiat-o mai apoi în cufărul inconștientului. Nemaiștiind cum să îl deschid mai târziu. Praf și pulbere. Praf peste ochii ce au încetat să privească și pulbere peste inima ce a încetat să mai bată. Să mai bată pentru...

Cristoph respiră adânc și o privi în ochi:

— Acum nu e timp pentru melancolii! Spune-mi, cum te mai simți?

— Lemn și vanilie, spuse Martha. Lemn și vanilie. Acum mă simt puțin mai bine. Parcă m-aș afla într-o cofetărie magică aflată la marginea pădurii. Sunt înconjurată de mirosuri tari. Esențe puternice izvorâte din cele mai alese daruri.

Martha nu avea mai mult de patruzeci de ani. Era o visătoare pensionată. Un pictor ratat ce și-a înecat talentul în încercările vieții. Renunțase la visuri mărețe. La vernisaje pompoase și la petreceri selecte. La culori perfecte și la tablouri abstracte. Acum lucra la compania lui Cristoph. Mai picta din când în când câte un tablou nepretențios. Îl făcea cadou prietenilor sau partenerilor de business cu care colabora. Pictatul devenise un hobby de ultimă oră.

— Ce sunt eu pentru tine, Cristoph?

Cu ochii ațintiți către el și cu o privire flămândă de Husky, Martha aștepta, nerăbdătoare, verdictul.

— Ești un vapor ce a acostat în portul meu, îi răspunse el, zâmbind. Un vapor ticsit cu mirodenii alese, cu povești dătătoare de viață și de speranțe, cu amintiri ce strigă din odăile prăfuite și cutiile ce ascund bijuterii scumpe.

— Dar Ea pentru tine?

Cristoph înmărmuri. Cu ochii pierduți printre cuvinte ce îi zguduiau, acum, timpanul, își lăsă capul în jos, se aplecă puțin peste masă și îi șopti Marthei:

— Hai să mergem la mine. Putem admira luminițele și de acolo. Vrei?

— Ridicându-se, încet, de la masă și trăgând cu vârful degetelor de fustă în jos, Martha îi rosti, zâmbind:

— Același misterios incurabil, domnule Cristoph! Mereu un misterios! Sau poate doar discret, dureros de discret.

Casa lui Cristoph nu era departe. Zece minute de mers pe jos și ajungeai în Summers, vestitele grădini ale orașului, unde peste cincizeci de mii de trandafiri își făceau simțită aroma peste străzile vechi ale metropolei. În spatele grădinilor erau pictate alei bătătorite ce te conduceau spre infinit ca, mai apoi, să fii întâmpinat de un gard superb din oțel forjat. O potecă bătută în pietre de râu te conducea spre vila lui Cristoph. Nu era foarte mare, însă totul era construit cu bun gust. Vila era înconjurată de o grădină mirifică ce îți aducea aminte de vremurile elene. Câteva coloane sprijineau o verandă generoasă. Florile presărate la intrare îți făceau cunoștință cu o fărâmă din personalitatea lui. Cristoph adora florile. Pentru el erau un mesager al vieții trăite frumos.

— Mereu am iubit locul acesta. Aici simt că renasc. Simt cum toate bateriile trupului se încarcă necontenit. Cristoph, casa ta e minunată! Așa cum ești tu.

Așezându-se comod pe canapeaua din cașmir, Martha îl urmărea, atent. Degetele ei se plimbau, încet, pe marginea canapelei. Căutau forme pe care să le integreze într-un moment unic. Căutau perfecțiunea.

— În seara asta vom devora această sticlă de vin. Cred că te simți mult mai bine decât la restaurant, încât să nu mă refuzi, îi spuse Cristoph pe un ton încrezător.

— Nu am nevoie să beau pentru a mă simți bine cu tine. Când sunt cu tine, toate sunt la locul lor. Dar fie! Vom bea cot la cot! În cinstea mea, a ta și a noastră.

Cu mișcări alese de felină, Martha își desfăcu părul lung, în semn de ispită. Formele ei generoase îi făceau cu ochiul lui Cristoph în timp ce se unduiau aievea. Nu apucaseră să soarbă o gură de vin când buzele ei se apropiară nesimțit de repede de ale lui. Într-o fracțiune de secundă, Martha îl mușcă de buza de jos, precum o Eva flămândă ce se înfruptă din mărul tentațiilor. Degetele lor erau împreunate și într-o continuă mișcare. Își căutau trupurile și se contopeau într-un erotism abundent. Cu mișcări fragede, Cristoph o apucă pe Martha de păr, pictându-i cu limba, nuanțe de dorință pe gât. Martha își lăsă capul pe spate, predându-se cu totul dorinței. Îi plăcea să piardă controlul. Degetele lui căutau acum nurii ce se întăreau sub aroma vinului ce curgea peste ei, ca mai apoi să coboare și mai mult. Tot mai mult și mai grăbit. Aplecându-se înspre ea, Cristoph îi ridică fusta deasupra coapselor moi, mângâindu-i pulpele cu finețea unui artist îmbătat de opera lui. De jos în sus și de sus în jos. Gleznele ei strigau a plăcere în timp ce Cristoph o adulmeca peste tot. Trupurile lor erau acum aproape lipite, într-un dans exotic și carnal. Gemetele lor se făceau ușor auzite, vibrând paharele de vin aruncate, acum, pe podea. Într-un moment frenetic, Martha îl privi subit în ochi și îi spuse:

— Îți voi da tot ce nu ți-a dat Ea! Voi fi tot ce nu a fost Ea!

Parcă lovit de un trăsnet dumnezeiesc, Cristoph se îndepărtă, brusc, de ea și pe un ton rănit și lipsit de puteri îi răspunse:

— Te rog să pleci! Îți voi chema un taxi.

După o pauză aproape morbidă, Martha își reveni din euforie și, plecându-și ușor capul, răspunse:

— Nu e nevoie. Voi merge acasă pe jos. Nu e prima oară când fac acest drum.

Îmbrăcându-se în grabă și cu mâini agitate ce parcă nu își găseau perechea, Martha ieși pe ușă și se făcu nevăzută. Cristoph rămăsese trântit pe canapeaua acum incomodă, năpădit de gânduri și regrete.

Cu pași grăbiți și apăsați, Martha se îndepărtă de casă și, cu ochii înflăcărați și buzele-i tremurânde, își întoarse privirea către geamul ce dădea în sufrageria lui Cristoph și își spuse:

— Vei fi al meu! Numai al meu!

O dimineață ca oricare alta...

Chipul lui Helen strălucea în oglinda din fața ei. Chiar și fără machiaj, trăsăturile feței erau conturate aproape perfect. Sprâncenele arcuite se așezau semeț deasupra ochilor ei mari. Nasul mic și puțin în vânt trăda o atitudine obraznică și un aer aristocrat. Pomeții proeminenți erau parcă desenați, iar buzele-i cărnoase erau de un roșiatic aprins chiar și în lipsa rujului. Bărbia ușor rotunjită creiona un chip de copil. Și dacă pierduse aproape totul, nu își pierduse respectul de sine. Helen căuta să fie aranjată și elegantă. În primul rând pentru ea, mai apoi pentru ceilalți. Astăzi voia să încerce un machiaj îndrăzneț. Unul care să-i reamintească de tinerețe. Uneori, se simțea îmbătrânită. Mistuită de carnivorii ce au mușcat din trupul ei fraged și de vampirii ce au secătuit-o de sânge și de energie. Uneori, se simțea lipsită de puteri și de viață. Înconjurată de căpușe ce-i sorbeau clipe. De lipitori ce nu voiau să se desprindă de visele ei. Niște canibali perfecți. Criminali de suflete ce poposeau în viața ei, căutându-i inocența și călcând, apăsat, peste ea. Uneori, se simțea singură. Atât de singură, încât primele cuvinte pe care le putea auzi erau șoapte aproape divine ce se așezau peste timpane, promițându-le că totul va fi bine.

Cu ochii pe ceas, își pregăti silueta și păși, încrezătoare înspre ușă. Nu voia să întârzie. Îi plăcea să fie punctuală. Îi plăcea să își păstreze promisiunile. Deși trecuse deja o săptămână, fiecare ședință era precum o gură de aer proaspăt pentru plămânii ei. Oxigen ales și împrăștiat peste o minte, acum, răvășită.

Taxiul o aștepta, deja, în fața casei.

— Bună ziua! Dacă doriți, v-aș ruga să ocoliți piața centrală. Nu aș dori să întârzii.

— Sigur, doamnă! Mergem pe unde vreți dumneavoastră, îi răspunse șoferul cu un glas entuziasmat, în timp ce o privea pe furiș în oglinda retrovizoare.

— Știți, doamnă, mă simt un norocos!

— Cum așa? întrebă Helen cu un aer mirat și cel puțin curios.

— E prima mea cursă pe ziua de azi și am început-o excelent. Primul meu client e și cel mai frumos om pe care l-am întâlnit în ultimii cinci ani.

— Nu vă cred! Toți oamenii sunt frumoși! Și dacă totuși este adevărat, de ce în ultimii cinci ani? Helen zâmbi și așteptă, tăcută, răspunsul.

— Pentru că un om mai frumos decât dumneavoastră, doamnă, a fost soția mea. Cu scuzele de rigoare.

— Înțeleg și vă apreciez, domnule. Mai există bărbați care-și respectă soțiile în ziua de azi? Glumesc, bineînțeles. Dar ce s-a întâmplat cu soția dumneavoastră? Helen continua șirul întrebărilor, cuprinsă parcă de povestea omului din fața ei.

Cu ochii aproape înlăcrimați, șoferul încercă să răspundă, însă ceva îl opri. Helen a înțeles.

— Îmi pare rău! Însă, oamenii dragi sunt

încă aici. Cu palma dreaptă întinsă peste piept și cu degetele ușor încordate peste inimă, Helen continuă:

— De aici ei nu vor pleca niciodată. Nu există nimeni care să-i poată răpi din acest loc. Asta vă promit eu!

— Vă mulțumesc, doamnă! Nu știți cât de mult înseamnă aceste cuvinte pentru mine.

Coborând din mașină, Helen se opri, pentru câteva secunde, contemplând clădirea înaltă ce o aștepta. Cu gânduri împrăștiate peste ani, își luă inima în dinți și păși spre intrare. În fața ei se desfășura, nonșalant, un hol imens. Plin de ecouri agitate și de oameni grăbiți. O forfotă monumentală a sufletelor de pretutindeni. Oameni mult prea ocupați cu grijile de odinioară. Mulți dintre ei au uitat să își mai îngrijească inima, pierduți acum printre siluete mute. Surprinzător, liftul era gol. Două etaje o despărțeau acum de o nouă poveste de viață. De o nouă întâlnire cu ea și temerile ei.

— Helen, poți intra. Te-am așteptat!

— Bună dimineața! Mulțumesc!

Vocea lui Helen parcă prinse, pentru un moment scurt, putere.

— Cum te simți astăzi?

Așezându-se cu grație pe fotoliul din camera ce degaja un miros de iasomie, Helen răspunse:

— Curajoasă! Pregătită pentru tot ce îmi oferă ziua de azi și de mâine.

— Asta e minunat! Spune-mi, e numai o stare sau te simți, într-adevăr, pregătită să înfrunți realitatea?

O mică pauză se așternu peste încăpere. Buzele lui Helen erau nerăbdătoare acum să vorbească.

— Pregătită să mă înfrunt! Să fac odată pace cu mine și demonii mei. Sunt al naibii de mulți, rosti Helen, zâmbind sincer.

Astăzi se făceau exact trei luni de când Helen mergea la psiholog. I-a fost destul de greu să ia o astfel de hotărâre. Jobul pe care îl avea nu îi permitea să lege prietenii. Mai mult decât atât, nu mai avea încredere în nimeni. Nici măcar în trăirile ei. Avea nevoie de putere. De cineva care să o pună pe picioare și să îi readucă fluturi în minte și stomac. Avea nevoie de un drum. O îndrumare divină. O rază de viață ce avea să îi repună zâmbetul pe chip.

— Mi-ar plăcea să vorbim despre Cristoph, se adresă ea psihologului. Mi-ar plăcea să vorbim despre iubire și trădare. Despre oameni și secretele lor.

— Nu mi-au plăcut niciodată secretele. Sunt diavoli mici ce îți năpădesc odăile minții, ascunzând în spatele ei povești unice. Oamenii ar trebui să aibă încredere în oameni. Ar fi extraordinar. Să știi că poți avea un asemenea prieten lângă umărul tău. Un om care să-ți cunoască toate dorințele ascunse și toate fricile. Toate alunițele de pe corp și toate poftele. Să-ți deslușească la orice oră din zi și noapte sufletul și să îți presară peste el picături de voi. Să vă contopiți în aceeași aventură a inimilor.

Oamenii care se iubesc nu ar trebui să își ascundă nimic. Nici măcar un zâmbet tâmp care îl poate face, pe cel de lângă noi, pentru o clipă, fericit. Cu toate acestea, oamenii nu sunt puternici mereu. Nu au cum. Uneori, corzile ființei se întind atât de mult, încât cedează. Cedează sub presiunea promisiunilor eterne. Cedează și se rup sub ochii celuilalt. Așa cum un uragan distruge totul în jurul lui. Așa sunt și unii oameni. Uragane ce zăpăcesc totul pentru cei de lângă ei. Tornade neașteptate ce trec prin viața noastră, răvășind și zdrobind, de multe ori, oase ce se înmuiau, odinioară, împreună, peste același cearceaf îmbibat în dorințe împărtășite.

Și totuși încă mai credem în iubire. Așa cum am crezut mereu. Așa cum m-a învățat mama mea. Iubirea o înveți zi de zi. Chiar dacă nu știi cum să o trăiești, alături de el.

Am crezut că iubirea este atunci când nu vrei să îi dai drumul. Pentru nimeni și pentru nimic în lume. Când vrei să îi sufoci gândurile cu ale tale. Când vrei să îi invadezi sinapsele și să îi torni picături de dor în vene. Am crezut că iubirea e furtună peste marea lui fără de valuri. Nu! Iubirea e atunci când îl lași să plece, știind că poate nu se va întoarce niciodată. E atunci când îl porți cu tine în cele mai întunecate cotloane ale ființei. Atunci când alegi să te desprinzi de el, simțindu-i încă degetele tremurânde peste ale tale.

— Helen, la ce te gândești?

Cu o voce lipsită de vlagă și irișii pierduți în nisipul din sufletul ei, Helen răspunse târziu...

— La cine...

Era prima oară în trei luni de zile când

Helen pomeni de el. Deși îl purta adesea peste tot. Prin zile cu ploaie, dar și prin zile cu soare îndrăzneț de mai. Nu a avut curajul să vorbească despre relația lor. Era precum o taină ce nu o poți rosti. Nu o pomenești decât atunci când ți se face dor. Atât de dor de voi doi. Un dor ce te lovește atât de puternic, încât uiți de toate clipele amare și de toate ghearele pe care le-ai simțit în piept când inima încerca să-și strige durerea, iar creierul îi comanda să tacă. Uiți de tine și te lași prins în mrejele lui. Îi lipsea mult. Îi lipsea așa cum demoni au nevoie de îngeri să îi asculte în secret. Îi lipsea de fiecare dată când întâlnea un alt bărbat ce îi făcea curte. Îi lipsea enorm. Ca o furtună invocată ce speri să îți curețe murdăria și petele de pe pielea fină. Era prima oară în nouăzeci de zile când își răscoli trecutul, aducându-l în prezent.

— Vrei să-mi povestești despre el? Spune-mi cum era Cristoph...

— Era... era căldura peste sloiuri din inimă. Lumina peste umbrele din minte. Balsam peste rănile trupului. Era... un om frumos. Înalt și cu privirea blândă. O privire ce își făcea loc în suflet, fără a fi invitată. Vocea lui era caldă precum un foc ceresc ce nu îți arde obrajii, ci doar îi mângâie. Era un om luminat. Așa cum a fost și ziua în care l-am întâlnit.

Respirația lui Helen era greoaie. Nu îi era ușor să vorbească despre el, însă în ochii ei se citea curajul. Speranța și entuziasmul inocent al omului vrăjit de artificii magice. Buzele ei tremurau și trădau teama de a deschide o ușă interzisă, o ușă pe care ai încuiat-o și ai aruncat cu bună știință cheia.

— Ne-am cunoscut într-o zi frumoasă de aprilie. O zi obișnuită pentru lumea cotidiană, însă deosebit de revelatoare pentru mine. Pentru că acea zi avea să îmi schimbe tot restul vieții. În acea zi aveam să renasc ca mai apoi să mor printre oameni dragi. Să îngrop cu mine amintiri, momente și trăiri intense. Să le dezgrop, la fel de intens, clipă de clipă și să îmi hrănesc vocile ce nu îmi dădeau pace. Voci care mă întorceau mereu din drumul meu, neînțeles până atunci. Să răsfoiesc pagini peste aşternuturi și să memorez promisiuni ce nu s-au mai îndeplinit. Să plutesc peste ceasuri și peisaje, ca mai apoi să mă lovesc de toate podelele peste care a pășit... el.

Cu vocea ușor chinuită, Helen începuse să plângă.

— Îmi pare rău, spuse ea mai departe.

— Nu face nimic! Poți să plângi. Chiar te îndemn să o faci. Plânsul e cathartic. Ne eliberează și ne curăță. Ne invită la un nou dans al vieții. Lăsând în urmă mișcările pe care le-am exersat în trecut. Să plângi e semnul cel mai pur al al unui nou început. Atunci când lacrimile noastre aclamă un sfârșit previzibil. Căci cele mai frumoase reîntâlniri sunt cele cu noi înșine. Atunci ne reamintim. Ne reamintim cât de mult am secătuit în bezna ființei. Când bezna celorlalți e doar o mică insulă înconjurată de oceanul din noi. Bezna minții și a inimii e cea mai oribilă. Din ea trebuie să ieșim. Prima și prima oară...

Cred că de asta sunt lacrimile sărate. Ca să nu plângem atât de mult. Dacă ar fi dulci, buzele noastre le-ar căuta tot timpul. Și ne-am dori să plângem mereu. Cred că de asta sunt lacrimile amare. Ca să ne arate, uneori, cât de dulce este viața.

Dulce a fost și momentul întâlnirii lor, sau, mai bine spus, al reîntâlnirii. O prăjitură savurată pe furiș. Când zeci de arome se împletesc în infinit. Răsfăț pentru papilele sufletului și calorii pentru trupuri îmbătate de un nou surâs. Hope se numea locul în care cei doi și-au intersectat, pentru prima dată, privirile din inimă. Speranța! Asta vedea Helen în ochii bărbatului din fața ei. Un cuvânt pe care a uitat să-l mai îngâne în somn. Ca o binecuvântare ce se așază peste ziua în care cei doi își sărbătoresc destinul.

— Aveți un minut?

— Pentru dumneavoastră, doamnă, o viață...

Deși era grăbită să ajungă la serviciu și n-ar fi trebuit să-l bage-n seamă, replica lui i se păru una deosebit de ieftină. Desprinsă parcă dintr-un film prost de comedie în care regizorul se joacă cu actorii principali, îmbătat fiind de un final nerostit.

Cu o voce ușor dezamăgită și cu o privire neimpresionată, Helen continuă:

— Mulțumesc, însă voi întreba pe altcineva.

Nemaiapucând să spună ceva, bărbatul din fața ei își înghiți subit gândurile, privind către un trup ce se îndepărta, acum, de el.

Pașii lui Helen erau hotărâți. Se săturase de clovnii din viața ei. De bărbați ce îi murdăreau, necontenit, pragul. De masculi ce o invitau în pat, uitând să o invite, într-o altă lume. O lume pentru amândoi. Era sătulă de Don Juani. De parfumuri scumpe ce trădau orgolii ascunse. De ceasuri și de haine selecte ce ascundeau complexe teribile. De băieți ce îi căutau în zile, în loc să îi cotrobăie prin luni și să îi umple anii. Îi era silă de așa-zișii bărbați de sacrificiu. De „soldați" neexperimentați ce se ascundeau în spatele primei linii. De personaje ce dădeau bir cu fugiții la prima rafală de... patimă. La primele focuri de armă ale ființei. S-a săturat de eroi de weekend. Căci războiul din sufletul ei nu avea nevoie de arme lucioase și nici de grade alese.

Grăbită și încoronată de laurii unui moment penibil, își întoarse totuși privirea către el. A fost îndeajuns. Îndeajuns să creadă că în spatele unei imagini de clovn magistral se poate ascunde o fărâmă din ce își dorea ea. Mai apoi, se făcu nevăzută.

Sunt oameni care consideră iubirea un joc de noroc. Să arunci zarurile înspre celălalt, sperând într-un miracol. Sunt oameni care cred că iubirea e un joc de cărți. O mână neinspirată ce ține la piept, alte mâini. Nepotrivite. Cacealma în suflet și în simțiri. Asta se petrecea și în sufletul lui Helen.

Obișnuiam să cred că oamenii apar în viața ta cu un scop. O lecție pe care o înveți sau nu la momentul potrivit. Pentru mine Cristoph nu a fost numai o lecție. A fost mult mai mult decât atât. A fost un protector al trăirilor mele. Un îmblânzitor de coșmaruri. Un înger peste demonii mei și un diavol abil care se lupta cu tot ce încerca să îmi facă rău. A fost trecutul, prezentul și viitorul. A fost pretutindeni și nicăieri. O șoaptă peste liniștea morbidă din inimă și un cântec peste zilele cu ploaie și cu soare ascuns. A fost... totul pentru mine!

— Helen, ce s-a întâmplat după?

— Mai apoi ne-am retras în cotidian. În lumea nebună din jurul nostru. Speram să îl reîntâlnesc. De fapt, îmi doream mult lucrul acesta. Simțeam că am atât de multe lucruri de descoperit. Însă, îmi era frică. O parte din mine țipa să îl alunge. O altă parte din mine implora să îl îngrop în ore nesimțite. O părticică totuși îmi spunea că trebuie să ne revedem. Pentru mine a fost destul. Destul încât să cred și să simt că drumurile noastre se vor încrucișa din nou. Nu mâine sau mai târziu. Nu peste o lună sau peste ani, ci în aceeași zi. Aveam să ne revedem în aceeași zi.

— Îmi cer scuze pentru adineauri. M-am comportat ca un copil. Inocent, totuși.

Zâmbind pe ascuns, se uită mai apoi în ochii ei și continuă:

— Cristoph este numele meu.

Împietrită și năpădită de fiori ce îi traversau acum toată epiderma, Helen își roti ochii în jos și, neștiind ce și cum să răspundă, îl întrebă:

— Domnule Cristoph, m-ați urmărit?

Așteptându-se, oarecum la o asemenea întrebare, Cristoph zâmbi din nou:

— Doamne ferește! Nu sunt genul care să greșească de două ori.

Zâmbind în suflet, Helen îi rosti:

— Atunci cum m-ați găsit? Orașul e suficient de mare, încât să ne pierdem gândurile și pașii printre străzi.

— Poate că am ajuns în locul nepotrivit? Căutam agenția imobiliară Williams&Brown.

— Sunteți în locul potrivit, îi răspunse Helen.

— Minunat. Domnul Brown mă așteaptă!

Cu privirea mirată și mâinile ocupate printre hârtiile din jurul ei, cu gândurile anapoda și cu întrebări ce nu au fost puse încă, Helen își luă rămas bun.

— Vă rog să mă iertați, însă trebuie să mă întorc în birou. Am foarte mult de lucru. O zi splendidă să aveți!

— Mulțumesc, la fel! Doamnă...

O parte din mine fugea. Cutreiera cotloanele clădirii neștiind unde să se ascundă. Restul, mă trăgea ca un magnet imens către el. Mă lipea de trupul lui și apoi mă trântea la pământ. Mă izbea cu putere peste realitatea ființei și apoi mă îmbia cu miros de parfum. Avea un parfum necunoscut nărilor mele. O combinație ușoară de mosc și note fine de ambră. O esență suficient de tare, încât să îți dorești să o inspiri. Să te lași inspirată. Asta simțeam în acele momente. Un amalgam de de toate. Simțeam dorință, frenezie, putere, curiozitate, frică, ezitare, uitare, atingeri, valuri și nisip. Simțeam că dacă m-ar lega în secunda următoare la ochi și m-ar răpi, nu m-aș împotrivi deloc. M-aș lăsa purtată de brațele lui și as deschide ochii numai atunci când mi-ar spune el să o fac. Să ne trezim amândoi departe. De toată suferința omului. De toate nenorocirile vieții. Simțeam că m-aș putea îndrăgosti de el pe nesimțite. Căci dragostea la prima vedere e un preambul prea ușor și deloc îndrăzneț în comparație cu ceea ce mă făcea el să simt, atunci. Simțeam! Din nou! Era suficient!

Timpul trecea acum atât de ușor...

Când mâinile încep să o ia razna, când ochii încep să îți sclipească, iar inima pompează alert, știi că ceva se petrece în ființa ta. Acel ceva se transformă într-o explozie a simțurilor, o frenezie totală a gândurilor și o putere nedeslușită a muritorului de rând. Când te îndrăgostești, îți readuci aminte de tine. De clipele în care ai uitat să te ții în brațe. De momentele acute de bucurie și râs tembel. Când te îndrăgostești, drogul cel mai puternic e celălalt. E singurul moment când nu ai nevoie de un antidot. Cine ar avea nevoie de un remediu împotriva dopaminei? Trebuie să fii nebun. Un sclerozat al propriilor incertitudini. Și totuși centrul iubirii e în creier. Cine spune că poți iubi numai cu inima? Când tot ce se întâmpla cu mine în acele momente erau paralizii ce începeau în creștet și ajungeau în stomac. Mintea creează emoțiile, iar inima le trăiește. Atunci ea începe să bată... să bată atât de repede... cât pentru amândoi!

Ieșind din birou pentru o gură sănătoasă

de aer, am fost întâmpinată, din nou, de el. Era înalt, însă cu pașii foarte fini. Abia îl auzeai în preajma ta. Mă gândeam că oamenii care calcă apăsat sunt și cei mai hotărâți. Însă, cu el lucrurile erau altfel. El avea o finețe aparte. O hotărâre a sufletului ce migra înspre tine, fără a-i putea rezista. O invitație misterioasă la valsul perfect imaginat în mișcări armonizate cu pulsul. Ochii lui erau de un căprui-verzui. În lumină, erau de un verde deschis, iar în beznă se închideau. Te căutau atent și te oblojeau. Îți făceau sângele să circule. Așa cum atomii aleargă prin molecule. Mâinile erau fine și îți inspirau sinceritate. Zâmbetul lui era cavaleresc, dar fără nicio urmă de forțare. Era bine făcut. Ca un trunchi de copac ce își protejează peste secole, coroana. Naturalețea lui era dintr-o altă lume. Știam că în acest om voi reuși să îmi oglindesc chipul. Știam cu sufletul că lângă el voi descoperi vieți pierdute. Știam...

— Nu mi-ați spus cum vă numiți!

O pauză infinită se așternu peste cei doi. Precum timpul ce se oprește pentru cineva anume. Așa cum limbile ceasului frânează sub ticăitul relaxant al orologiului. Un stop cardiac al spațiului și al clipelor ce și-au pierdut numărătoarea.

— Helen! Numele meu este Helen!

Bărbații sunt imprevizibili. Acum îți apreteează rămășițele de suflet, iar mai apoi îți calcă în picioare inima. Acum te ridică pe cele mai înalte culmi ale euforiei în doi, iar mai apoi te împing de pe margine. Fără niciun avertisment. Fără nicio urmă de regret. Îți asasinează simțurile și le îngroapă la doi metri sub pământ. Un pământ bătătorit de pași incerți. Gândurile Marthei tulburau apele dulci în care a crezut că se scaldă. Nu îl mai văzuse pe Cristoph de câteva zile bune. Nu îndrăznea să îl sune, iar la serviciu nu se întâlneau atât de des. Ajungând la cafeneaua de lângă birou, se așeză lângă Ana, singura ei prietenă. Avea nevoie să se deconecteze. Au ieșit împreună la o cafea, încercând să uite de ultima întâlnire cu Cristoph, eșuată.

— Nu știu ce să mă mai fac cu el. Mă îndepărtează mereu. Se gândește numai la ea. Cred că încă o mai iubește.

— De ce nu te măriți cu el?

Uitându-se în ochii curioși ai Marthei, Ana continuă:

— Cere-l de bărbat! Nu ai fi prima femeie care face asta. Unde e scris că bărbatul e cel care trebuie să îți întindă mâna?

Căzută pe gânduri și cu un zâmbet ce trăda o poveste nespusă, Martha își dezmorți trăirile, iar apoi o luă pe Ana de mâini. Fără să apuce un răspuns, Ana îi spuse:

— Suntem prietene de peste doisprezece ani. Știi că nu te-am învățat niciodată lucruri rele. Știi că mereu m-am îngrijit de tine.

Râzând satisfăcută în orgoliul ei care o scufunda pe nesimțite într-un abis din care nu va fi știut să iasă, Martha începuse să își imagineze tot felul de lucruri. Povești miraculoase. Scene premiate și frânturi de bucurie aruncate înspre ea. Intrase într-o altă lume. O lume la care doar putea visa, nevrând să fie trezită de nimeni.

— Universul în care trăiești tu e minunat. Departe de mine, totuși. Cu toate acestea, îmi place. Cred că m-aș putea contopi cu el. Măcar pentru o secundă amărâtă.

— Visează, Martha! Visele pot deveni realitate. Nu te lăsa intimidată de el! Doar știi că o femeie poate suci un bărbat în orice clipă. Înnebunește-l! Distrage-i atenția de la cele vechi! Fă-i pe plac! Uimește-l! Recită-i versuri ce îi mângâie egoul! Laudă-l mereu! Bărbații au nevoie de asta. Se hrănesc cu bucăți de mândrie. Lasă-l în ritmul lui, însă adu-l mereu în dansul tău. Zăpăcește-l în pat și fii muza ce se lasă dominată! Îmbie-l cu mirosul pielii tale, iar mai apoi lasă-l să facă ce vrea din tine și corpul tău. Dă-i ceea ce are nevoie și îmi vei mulțumi peste ani. Visează, Martha! Unele lucruri sunt în fața noastră. E suficient doar să întindem mâna înspre ele.

Cuprinsă de entuziasmul Anei și purtată de cuvintele ei, Martha își mușcă, ușor, buzele. Pentru un moment, își închise pleoapele și începuse să murmure cuvinte pe care numai ea le putea înțelege. Inspirând adânc și parcă lovită de o locomotivă ce și-a schimbat, brusc, macazul, coborî cu picioarele pe pământ.

— Dacă o să-l caute personal? Dacă va veni aici să îl vadă? Dacă se va îndrăgosti, din nou, de ea? Aș fi dărâmată. Totul s-ar destrăma mai repede decât un castel de nisip.

— Lasă gândurile schimonosite pentru cei slabi de inimă. Acum nu e momentul să te încarci cu asta. Hai să ne întoarcem la birou. Cristoph poate are nevoie de mine.

Helen aştepta cu sufletul la gură ziua de mâine. Ieşind în grabă din clădire, parcă se împiedica de fiecare textură de asfalt pe care o întâlnea. Gândul ei era numai la el. Minutele erau deja încremenite în pasteluri pline de amândoi. De ce a apărut în viața ei? De ce tocmai acum? De ce el? Ce vârstă are? Cât poartă la pantofi? Oare îi place să călătorească? Să facă bungee jumping? Să sară cu parașuta? Să închidă ochii înainte de a pluti? Îi plac animalele? Poate are animale acasă? Poate o pisică? Două sau chiar trei? E singur? Are copii? E gurmand? Îi plac sarmalele în foi de viță? Papanașii ușor prăjiți cu smântână și gem de caise? Adoră plăcinta cu mere? Întrebări peste întrebări. Mintea ei se transformase într-o mașinărie de scris ce tipărea, alarmant și precis, zeci și sute de fraze pe secundă. L-ar fi sechestrat cu adieri fine și l-ar fi priponit de un scaun așezat în fața ei. De partea cealaltă, ea, uitându-se, regresiv, în ochii lui. L-ar fi interogat ore în șir, fără pauze de cafea și de țigară și l-ar fi dezbrăcat de orice haină ce ascundea mici scenete din viața lui. Mai apoi, i-ar rupe hainele de pe el și s-ar electriza, în tandem. Să nu o simtă decât pe ea. Să nu existe altcineva în capul lui. Să nu-i lase loc de scăpare. Să-i violeze straturile fine de piele și să-i înghită respirația. Să își încalece picioarele în jurul lui și să îl trântească pe masă. Fantezii... Să-și lase bazinul atins și să sughițe de plăcere. Să facă schimb de feromoni și replici vulgare. Acolo. Sub lumina unei singure lămpi ce naște umbre sub trupurile lor. E singurul loc în care nimeni nu te judecă. Unde ești doar tu și celălalt.

— Am luat-o razna, își spuse ea, numărând pașii până acasă.

— Am luat-o razna bine de tot, își rosti din nou, de data asta râzând prostește, ca un copil care se rușinează după ce face o trăznaie.

Ajungând în fața casei, se opri, amețită.

Cine are nevoie de cardio și de mișcare? Nu ai nevoie decât de un el potrivit. Un drog ce ți se injectează în sânge și începe să îți umple arterele. Oxigen și fructe de pădure. Și poate o înghețată bună. Sau o ciocolată albă. Merge și un vin roșu. Roșu aprins și întunecat. Acum sorbi din el, mai târziu din trupul lui. Acum muști din ciocolata albă, mai apoi te lași mușcată pe pielea palidă. Peste toate astea presari fructele de pădure, iar mai apoi adaugi toppingul. Cu glazuri foarte subțiri. Din celălalt. Aproape invizibile. După care stingi gustul dulceag din gură cu realitatea amară ce te scutură și te trezește din amorțeală.

Helen se topi în gând. Imaginația ei penetra orice univers interzis până acum. O lume tabu ce a oprit-o să viseze. Să-și dea drumul nebuniei ce o făcea diferită de ceilalți. Intră în casă, aruncându-și hârtiile ordonate din dosar, anapoda. Casa era tăcută. Apăsând atent mânerul ușii de la dormitor, o observă pe mama ei dormind. Dormea fără zgomot. Închise ușa cu grijă și se îndreptă înspre baie. Blocă ușa cu cheia și se dezbrăcă de haine. Își potrivi apa și se întinse în vană. Melodii nici reci, dar nici fierbinți, curgeau acum peste trupul ei. O dezmierdau. Începu să își mângâie, lejer, umerii și picioarele. Dorea să uite. Pentru un moment egoist, își dorea să uite tot. Să fie numai ea cu el.

A doua zi, îl întrezări prin ușa biroului. Nu putea să îi descifreze silueta, însă știa că e el. Știa că se va întoarce să o vadă. Printre vitralii false, nu distingea decât un trup înalt și o coroană adunată de flori, în ambele mâini. Era deja acolo. Îi aduse flori.

— Nu am mai primit niciodată un ghiveci cu flori. Pesemne că oamenii preferă frumusețea de moment. Aromele efemere ce pălesc ușor în bătaia timpului și a luminii ce nu îi mai pot resuscita chipul.

— Nu îmi plac florile moarte, îi răspunse Cristoph. Am uitat cum e să îngrijim o floare. O rădăcină. O petală. Un surâs. O picătură de verde ce se prelinge încet peste timp.

— Poate că nu mai avem răbdarea necesară, îi rosti Helen. Poate că, în fuga noastră nebună înspre fericire, ne ferim zilele de noi înşine, devenind superficiali, suficienţi şi mulţumiţi cu ceea ce experimentăm. Câţi dintre noi mai avem răbdare să ne îngrijim de iubire? Să o cultivăm, să o udăm zi de zi, să îi vorbim, să îi deschidem ferestre străbătute de raze şi să îi descoperim splendoarea şi graţia? Câţi dintre noi mai avem timp pentru a curăţa mucegaiul şi a-l îndepărta de pe frunzele încă vii? În schimb, ne-am obişnuit să fim martorii unici ai unei iubiri decăzute. Ofilite şi aruncate în coşul de după colţ. Sute şi mii de flori îmbâcsite de un miros fetid.

După un moment scurt de contemplare, Helen îi şopti:

— Vă mulţumesc mult! Florile sunt superbe. Le voi ocroti.

Între cei doi, rotiţe mecanice se puneau în mişcare. Una după alta se ungeau perfect şi se roteau într-un sistem desăvârşit. O chimie ce s-a lăsat prea mult timp așteptată. Un mecanism complicat format din două inimi ce își apropiau, inedit, vârfurile. O întâlnire a celor doi ce nu a putut fi evitată. Un univers ce răspunde rugăciunilor și te așază într-o sincronicitate perfectă alături de celălalt.

Oare dacă ai putea intra în lumea oamenilor îndrăgostiți, unde ai vrea să poposești? În care parte a creierului sau a inimii ai vrea să te ascunzi? Să fii un spectator al ritmului alert al celor doi. Unde ți-ar plăcea să îți acorzi simțurile și cât de mult ai rezista avalanșei de emoții ce străbat encefalul, ajungând rapid în dreptul pieptului și coborând mai mult? Ar fi minunat să gustăm viața asemenea celui ce își lasă bătăile cardiace să danseze. Să simțim aceiași fiori, aceleași transpirații și o vâjâială teribilă ce se instalează în cap, ca mai apoi să tresari și să îți simți diafragma cum urlă. Să îți cerți golurile din stomac fără a simți durerea. Așa cum un carusel îți aduce inima în gât, proiectând-te cu viteză în straturile de aer ce îți taie respirația.

Asta se petrecea și cu cei doi. Helen și Cristoph erau protagoniștii unor viziuni parcă trăite într-o altă viață. O restanță a sufletelor pierdute și regăsite acum într-un glob suspendat de timp. O datorie a iubirii pe care aveau să o îndeplinească. O șansă nouă de a face lucrurile cum trebuie. De a continua o poveste ce pare că nu s-a încheiat în trecut. Acum puteau însă să o trăiască. La un alt nivel. La o altă intensitate și cu o putere provenită dintr-o altă dimensiune.

— Dacă îmi permiteți, aș dori să vă invit în oraș. În două zile urmează să mă întorc acasă și mi-ar plăcea compania dumneavoastră. Măcar pentru câteva ore.

Își dorea să îl cunoască. Chiar și pentru câteva clipe își dorea să îi asculte poveștile. Să se confunde cu ele. Să îi cotrobăie prin amintiri și să îi deslușească secretele. Fără a sta pe gânduri și cu o voce fermă, Helen acceptă.

— Mi-ar face plăcere! Nu am mai ieșit de multă vreme. Uneori, când nu îți mai asculți inima, te împrietenești prea mult cu mintea.

Adora ieșirile sincere. Ieșiri cu miros de ozon și de primăvară târzie. De multe ori, se pierdea ore în șir printre băncile sculptate din parcurile orașului. Pentru ea, întâlnirile cu natura erau asemenea unui maraton al tinereții. Îi plăcea nespus să se lase purtată printre cărări proaspete. Doar ea și gândurile ei. Nu de puține ori își surprindea gleznele cu plimbări lungi și neprogramate. De data aceasta, avea să fie însoțită.

Două umbre ce își uneau contururile...

— Când ești cu cine îți dorești, parcă nici nu mai simți răcoarea de afară. Și totuși te interesează ca celui de lângă tine să nu îi fie frig.

Helen îl ascultă. Fără o urmă de șoaptă. Își apropie buzele și se lăsă hipnotizată. De la început și până la sfârșit. Când era mică, îi plăcea să stea tolănită pe canapeaua din sufragerie și să se lase fermecată de poveștile de pe vinil. Pick-upul îi era, uneori, un prieten de nădejde. Așa și adormea. Păzită de povești ce îi conturau o lume proprie. O lume care a învățat-o să râdă, dar și să plângă. O lume în care copiii voiau să devină adulți, iar adulții își doreau să fie copii. O lume în care puteai fi oricine. Puteai deveni invizibil sau te puteai arăta în toată splendoarea ta. Un loc în care nimeni nu te judecă. Nimeni nu îți calculează greșelile. Nimeni nu te pune la zid, ca mai apoi să te execute în public. Asta simțea și când era cu el. Libertate...

— Mi-ai spus că trebuia să se întoarcă acasă. Când v-ați mai văzut după ce a plecat?

— Locuind în orașe diferite, ne-am acomodat mai greu cu distanța. Cel puțin, la început. Nu am fost niciodată o partizană a relațiilor separate de drumuri lungi. De la un capăt la altul. Până în brațele celuilalt. Mi-a fost teamă de ele. Probabil contează și cine împarte distanța cu tine. De cele mai multe ori, ești nerăbdător. Să diseci autostrăzi și linii continue. Să pui totul pe fast forward și să fiți împreună. Încă o dată.

Unii se îndepărtează și mai mult, departe fiind. Noi am încercat să apropiem ceea ce ne despărțea. Nu a fost ușor, însă am avut voință. Dorința de a rămâne împreună. De a căuta soluții pentru a nu mai fi nevoiți să adormim neîmbrățișați, noapte de noapte. M-aș fi mutat oriunde îi puteam zări ochii. Indiferent că ar fi trebuit să străbat milioane de kilometri, pe jos. Locul nu contează atât de mult. Contează de cine e binecuvântat.

— Să înțeleg că s-a mutat el, aici?

— Nu aveam altă soluție. Mama fiind bolnavă, nu puteam să o las singură. Nu cred că mi-aș fi iertat-o niciodată. Pe tatăl meu nu mă puteam baza. După ce a plecat, am fost unica ființă ce i-a stat la căpătâi. Cristoph a înțeles lucrul acesta. Îmi spunea că nici nu m-ar fi lăsat să plec. Chiar dacă asta însemna să ne sărutăm cu întrerupere. Îmi spunea, „Helen, locul tău este acum, aici. Lângă mama ta. Locul meu este acolo unde îți este sufletul!”. Mă săruta, apoi, pe frunte, așa cum un tată responsabil își alină singurul copil. Toate acestea au însemnat enorm de mult pentru mine. El nu s-a împiedicat. Dimpotrivă, am mers, ținându-ne de mână, pe același drum bătătorit în doi.

— S-a mutat la voi?

— Nu! I-am propus, la un moment dat, asta, însă nu a vrut. Mi-a spus că nu dorește să fie o povară. Că nu vrea să cântărească nici măcar un gram în plus față de ce trăiam acasă. Lucrând în imobiliare, nu i-a fost deloc greu să găsească o locuință în apropiere. Mama era împăcată. Îl plăcea. L-a cunoscut pentru prima oară după câteva luni de relație. L-am invitat la cină. Tata era deja plecat. Mi-ar fi plăcut să îl cunoască și el. Chiar dacă nu ar fi contat atât de mult. Pentru mine ar fi însemnat o fărâmă de bucurie.

Mama l-a îndrăgit de la primele vorbe. Îl așeza în capul mesei și se uita, prelung la el, zâmbind de fiecare dată când ne vedea chipurile. În ziua aceea am ajutat-o să gătească. Prinsese putere. Ne pregătise un platou boieresc, topit de un vin roșu. Adus de el. La final, ne-am răsfățat cu prăjitura ei de mere. Mama făcea cea mai bună plăcintă cu mere. Îmi amintesc, râzând mereu, de ziua în care ne-a pregătit, mie și tatălui meu, cea mai frumoasă surpriză. Eram mică, aveam șaisprezece ani. Am așteptat, ca un copil tâmpit, toată după–amiaza, salivând cu ochii aproape lipiți de sticla cuptorului și cu obrajii încinși. Prăjitura era, în sfârșit, gata. A scos tava cu grijă și a așezat-o pe marginea blatului de deasupra aragazului.

Mă uitam tâmp la ea, în timp ce mama o felia în zeci de bucăți aromate. Le-a presărat apoi cu scorțișoară și ne-a invitat la degustat. Am luat prima bucată și am devorat-o. Gustul ei însă era diferit. Ciudat. Nu era deloc dulce. Ba din contră, era foarte, foarte acră. Mama și-a dat seama de îndată. În loc de zahăr, pusese, din greșeală, sare de lămâie. Tata s-a prăpădit de râs. Nu țin minte să îl fi văzut vreodată râzând în hohote. Atât de sincer și spontan. Mama râdea și ea, dezamăgită fiind că ne-a înșelat așteptările. Nu aveam cum să ne supărăm pe ea. Atunci am început să iubesc deserturile mamei. Chiar și cele în care zahărul e înlocuit de altceva.

Helen zâmbi firav. Pe chipul ei puteai desluși o luptă ascunsă. Lacrimi amestecate cu zâmbete furate. O antiteză proiectată blând ce contura tranziții ușoare. De la momente scurte de euforie, la momente acute de suferință. Polurile unei umanități triste, adunate într-o singură grimasă. Atunci când până și o prăjitură delicioasă cu mere poate să aibă un gust diferit, când peste ea presari sare de lămâie. Sare de lămâie era și înăuntrul ei. Când dulcele de azi încetează să mai fie. Când e înlocuit, pe neașteptate, de acrul de mâine și din jur. De gustul cu note înalte ce îți gâdilă omulețul din gât. Sare de lămâie în viața și împrejurul ei.

— Helen, îmi place povestea ta. Cum a decurs finalul serii?

Helen se întoarse, treptat, în realitate.

— Am râs, cu toții. Toată seara. Cristoph

a început să ne spună glume. O făcea atât de natural, încât te puteai transpune în poveștile lui. Te puteai confunda cu personajele hilare despre care povestea. Eu și mama ne simțeam ca într-o sală de teatru, unde porția de comedie îți e servită în ritmuri alerte. Nu ai timp de meditat. Nu există pauze între acte. Cristoph ne amuza teribil. Pe amândouă. Am stat aproximativ două ore și l-am ascultat, în timp ce ochii noștri râdeau de pățaniile auzite. Era un bun povestitor. Iar eu, o ascultătoare docilă și îmblânzită. L-aș fi ascultat o veșnicie și încă ceva în plus.

Sunt oameni care îți aduc cadouri și oameni care sunt un cadou. Oameni care îți aduc flori și oameni ce miros așa. Și unii, și alții sunt o binecuvântare. Cel mai mare cadou este timpul pe care ei ți-l acordă. Cea mai frumoasă floare, iubirea lor pentru tine. Simpla lor prezență, un miracol în viața ta. Așa a fost el în viața noastră.

— Apăsător, Helen. Poveștile tale sunt frumoase. Să le păstrezi mereu în lăcașul acela, sfânt, din colțul inimii tale! Fără regrete, fără tendințe moralizatoare, fără blazare și fără urme de tristețe. Să rămâi cu frumosul petrecut în ele. Căci uneori, frumosul, credința și speranța sunt singurul ghid ce poate să ne treacă prin întuneric. Să ne arate porțile din spatele lui, ferecându-l în trecut.

— Aveți dreptate. Oamenii zăbovesc prea mult la porțile Iadului. În loc să își îndrepte privirea în sus și să întindă mâna. Cu toate astea, avem nevoie de ajutor pentru a ne dezmorți picioarele din mlaștina de jos. Pentru a permite razelor să ne mângâie liniile feței, conturul buzelor și vârful nasului. Încet, încet, voi reuși să mă apropii și eu. De ceea ce am fost odată. De omul vesel pe care îl știau toți. De omul încrezător în sine și în ceilalți. De dârele de speranță apretate în conștiința proprie. Voi reuși să ies la mal. Într-un final... Așa-mi doresc, dar nu știu, cred că dorința mea nu e de-ajuns. Altădată, îmi spun că am ajuns să mă scufund cu voluptate în suferință, că mă hrănesc din ea ca un bolnav care a stat luni de zile pe perfuzii, după care învață să mănânce porții mici, la început și obosește, dorind să doarmă și să fie din nou conectat la aparate, refuzând mâncarea adevărată...

— Eu cred că ai reușit, Helen! Tocmai pentru că îți înțelegi deja suferința, reușești, încet, încet să te detașezi de ea. Eu cred că ai ieșit deja la mal. Important e să nu te lași târâtă înapoi. Prinsă în curenții grei ce îți înnoadă gleznele. Înecată apoi de coloșii apelor adânci. Cu iz de alge amare...

Helen o ascultă, atentă la orice cuvânt. Căzută, din nou, pe gânduri, șușoti:

— Nu i-am dăruit nimic. Decât dragostea mea. Dezinhibată, dezbrăcată de orice gând necurat. De orice fel de paradoxuri. Atât am putut să îi ofer. Nimic mai mult, nimic mai puțin. Și o carte. O carte de suflet pe care mi-am dorit să o citească. L-aș fi lăsat singur să îi descopere rândurile. Ca mai apoi să povestim, goi, pe marginea patului, despre ea. Despre noi. Oamenii care iubesc sunt vulnerabili! Mereu mi-am spus asta. Dar cât de frumos poate fi să iubești. Chiar și atunci când cel de lângă tine a încetat să o mai facă. Când becurile din suflet i s-au stins. Când a dat marea pe nisip. Când și-a tăiat, singur, aripile și ne-a lăsat pe amândoi în golul dintre cele mai frumoase două bătăi de inimă. Cădeam precum frunze gemene și uscate de toamnă fără ca vântul să ne mai alinte. Nu am înțeles niciodată de ce bărbații nu citesc.

Murmurul lui Helen abia se putea auzi în camera ce degaja un miros de furie.

— Unii o fac! Dar pe ascuns! Alții nu fac decât asta. Devorează cărți, după care ne citesc pe noi printre rânduri...

Helen nu mai auzea nimic. Își auzea doar propriul gând ce îi străfulgera frenetic mintea. Cu o voce ușoară și tristă și cu două picături de viață ce i se scurgeau din ochi, abia a mai răstit ceva:

— Al meu iubit nu mi-a citit nici măcar un vers, iar eu doream să îmi citească în... suflet! După ce ne-am pierdut. După ce ne-am pierdut printre ecouri...

— Helen, ce a urmat după? Ce s-a întâmplat cu voi doi? Dacă nu vrei să îmi povestești despre asta, te înțeleg. Sunt aici pentru tine, iar tu ești stăpâna poveștilor tale.

Pentru jumătate de minut, Helen amuți. Îi veneau în cap milioane de imagini. Voci ce parcă nu voiau să îi lase ființa în pace. Întorcându-se, ușor, înspre birou, își luă ușor poșeta și, scotocind parcă repede după ceva anume, se întoarse către Irena și o privi mirată. Era un bun psiholog Irena, o simțea deja și se bucura că își alesese o femeie să-i asculte pasărea rănită din suflet, nu ar fi putut să-și stoarcă deznădejdea în fața unui bărbat. Acum, pentru prima oară, începea să înțeleagă că nu mai conta că psihologul era bărbat sau femeie. Conta faptul că ea reușea să vorbească despre el și să se asculte vorbind, ca o pasăre care a intrat din greșeală într-o încăpere și se zbate, lovindu-și aripile de perete și de obiectele din cameră, încercând să găsească fereastra. Helen simțea că nu a găsit încă fereastra, dar aripile ei bat înspre lumina care o îmbia să își recapete libertatea. Se apropie de Irena și îi întinse o hârtie:

„Îmi amintesc că atunci când mă priveai în ochi, ochii mei se închideau fără de voie. Precum două luminițe controlate de un buton micuț, micuț, ascuns în inimă. Îți evitam privirea, iar degetele începeau să îmi tremure. Îmi amintesc că atunci când mă atingeai, pielea mea se rușina și milioane de fiori îmi năpădeau simțurile. Îmi amintesc că atunci când îmi șopteai, nu te auzeam decât pe tine. Timpanul mi se dilata și mă apropiam ușor, ușor de glasul tău. Îmi amintesc că atunci când mă doreai, mă simțeam cea mai iubită dintre flori. O mie de petale înflorite acopereau fiecare părticică și fiecare milimetru de epidermă. Precum liane îmbibate de tine. Îmi amintesc că iubirea noastră nu a murit niciodată. Ea stă ferită, într-o cutiuță, ascunsă bine în suflet. O cutiuță muzicală ce poartă notele pe care le-am așezat, cu atâta grijă, pe portativul nostru. Câteodată, te gândești cât de greu poate fi să mai găsești un compozitor atât de iscusit ce poate să-ți acorde, cu finețe, corzile minții și ale inimii."

— Aceasta este una dintre multele scrisori pe care i le-am trimis după despărțirea noastră. Am făcut o copie după ea. De fapt, am făcut copii după toate.

— Și care a fost răspunsul lui?

— Nu am primit niciun răspuns. Nici nu cred că a citit-o. Nici nu cred că îl mai interesează. Nu știu dacă l-a interesat vreodată. Eu mi-am păstrat însă promisiunea. Pentru sufletul meu. Și al lui. Pentru tot ceea ce am trăit, la un moment dat, cu el.

— De ce nu l-ai sunat să îi spui toate aceste lucruri? De ce ai preferat să îi scrii, în schimb?

— Pentru că aceasta a fost promisiunea noastră. Indiferent de ce anume se va întâmpla cu noi, ne-am promis inocența asta. Ne-am promis că ne vom scrie. A fost o prostie din partea mea. O copilărie batjocorită în clipe de neiertat. Cât de proastă am fost... Cât de proastă pot fi?

— Nu cred că suntem proști atunci când facem ceea ce simțim. Dimpotrivă, cred că oamenii ar fi mult mai fericiți dacă ar face mai mult din ceea ce ar simți decât din ceea ce li se cere. Indiferent de cei din jur. Indiferent de rezultatul final. Atât timp cât ești împăcat sufletește, atât timp cât conștiința ta rămâne imaculată, atât timp cât ceilalți nu suferă. Iar dacă cei care suferă suntem tot noi, prea bine. Să învățăm din asta. Să învățăm durerea, ca mai apoi să ne bucuram de plăcere. Să rupem lanțurile ce ne-au încătușat și ne-au zdrobit încheieturile, ca mai apoi să ne simțim atât de aproape de adevăr. Adevărul e cel care ne eliberează. În primul rând, adevărul despre noi înșine. Realitatea este cea pe care o vede și o trăiește fiecare.

— Și totuși doare! exclamă Helen în derivă. Doare atât de mult. Uneori, durerea e singura care îți rămâne. Te confunzi cu ea. Îi faci loc să se cuibărească în pliurile ascunse. Îi permiți să te copleșească cu totul. De multe ori, durerea nu este o alegere. Este un lucru dat, pe care trebuie să îl trăim. Un inamic parșiv ce se transformă într-un prieten de nădejde. Ce faci atunci când doare atât de tare? Când pansamentele nu mai funcționează? Când nicio pastilă de algocalmin nu își mai face efectul? Când niciun pahar de apă nu îți mai poate curăța gâtul uscat? Ce faci atunci când ești pe marginea prăpastiei? Când înălțimile se confundă cu tălpile? Pășești în gol, fără a simți nimic din ce va urma? Închizi ochii, fără a-i mai deschide, de teamă? Ce faci atunci când încercările te supun? Îți înrobesc sufletul și îți fac ființa să capituleze?

Spune-i unei femei care și-a pierdut copilul că nu e normal ce s-a întâmplat. Că viața este imprevizibilă. Că așa a fost să fie.

Spune-i unui copil ce și-a pierdut părinții că e cursul firesc al vieții. Că toți ajungem să trăim și să simțim neputința.

Spune-i unui om, care și-a pierdut câinele ce i-a fost alături mai mult de o decadă, că nu e normal să sufere atât de mult pentru un animal. Căci oare ei nu au suflet?

Fiecare pierdere e o altă cicatrice scrijelită în lăcașul inimii. Și ce te faci când aduni atât de multe semne? Când niciun bandaj nu îți mai poate opri sângerarea? Te pierzi. Lași totul deoparte și te lași purtat de val. De voci. De umbre palide. De ape reci...

Mamele simt. Simt atunci când sufletul începe să o ia razna. Când începi să obosești, dar și atunci când renaști. Când te scuturi de praful zilelor amare și îți permiți să te bucuri din nou. Mama a simțit întotdeauna. Dacă inima îmi este în pericol sau dacă mintea e prea liberă. Dacă pășesc cu stângul sau cu dreptul. Bucuria noastră e și bucuria lor, așa cum suferința resimțită e, poate, înzecită pentru ele.

— Cum îl cheamă?

— Pe cine? îi răspunse Helen, chicotind.

— Pe cine porți în suflet! Sunt mamă, iar mamele știu. Leagă-ne la ochi și tot vom vedea. Astupă-ne urechile și tot vom putea auzi. Așa că spune-mi, cum îl cheamă?

— Helen se rușină. Știa că nu o poate păcăli. Nu pentru a-i ascunde bucuria, ci pentru a o feri de gânduri în plus.

— Cristoph. Doar Cristoph...

Zâmbind în fugă, mama ei nu mai spuse nimic. Pentru că uneori nu e nevoie de cuvinte. Uneori, un singur gând te poate liniști. O singură adiere lină. Așa sunt mamele.

— Tatălui tău i-ai spus de el?

— Și dacă îi spuneam, nu cred că i-ar fi

păsat prea mult. Mintea lui era conectată la cu totul alte lucruri. Pentru el, toți bărbații erau la fel. Mama era altfel. Pe ea am simțit-o mereu lângă mine. Cu ea îmi lăsam sufletul să povestească. Despre orice.

Mi-am dorit să îi am aproape pe amândoi. Să mă pot baza pe ei atunci când am nevoie. Să le pot cere un sfat, o ținere de mână sau un simplu sărut pe frunte. Tata nu a știut să mă îmbărbăteze niciodată. Deși avea un comportament aspru, nu a ridicat mâna deasupra mea. Nici atunci când poate am meritat-o. I-a întors una maică-mii, într-o seară banală de vară. A fost prima și ultima oară când o lovise. Venise de la muncă. Pesemne, mâncarea nu a fost pe placul papilelor lui. Duhnea a băutură. Respirația lui avea un miros oribil de spirt ieftin combinat cu tărie. Ne ținea prelegeri și își scrâșnea dinții necontenit. Unii oameni o fac numai în somn. Tatăl meu o făcea de fiecare dată când voia să se impună. Asemenea unui mascul îmbătrânit ce nu mai poate lupta și care încearcă să te intimideze să renunți. Scrâșnea din dinți și ridica tonul. Tare și din ce în ce mai tare. Mama era o curajoasă. Până în punctul în care inteligența și bunul simt îi spuneau să se oprească. Tata nu se iubea pe el. Poate de aici și ura ascunsă față de tot ce nu-i gâdila orgoliul. Față de tot ce reprezenta o amenințare în fața ochilor lui. Psihică sau fizică. Era un om slab. Poate încerca să mă apere de viața însăși. Deși nu m-am simțit niciodată dorită de el. M-am întrebat însă cum te poate proteja un om mai slab decât tine? Prezența mea în lumea lui era precum o altă pată de culoare pe o pânză pictată cu ochii închiși. Nu l-am întrebat o dată dacă mă iubește. Probabil că m-a iubit. Uneori, simțeam că o face. În felul lui grosolan și lipsit de finețea simțurilor. Alteori, îmi era teamă să stau în preajma lui. Mă simțeam precum o gazelă firavă ce urmează să fie sfârtecată și apoi devorată cu totul. Paradoxal, oamenii mai puternici decât el erau prada lui. Cel puțin, asta încerca să transmită. Poate ăsta era modul lui de a se apăra. Sau de a comunica cu noi. Atunci când cel slab e cel care atacă primul. Mama îl dojenea atunci când era cazul. Dar nu mai mult decât era nevoie. Cred că știa și ea că e o luptă inutilă. Oamenii nu se schimbă pentru că vrei tu, ci o fac numai dacă vor ei. Mama a înțeles asta. Dacă l-a iubit? Cu toată ființa ei. Pe furiș sau cu voce tare. Pe lumină sau în bezna zilelor. Îmi povestea despre el frumos. Eu am știut însă adevărul. L-am aflat. L-am trăit.

Îmi plăcea să îi văd împreună, chiar dacă diferența dintre ei era colosală. În gândire și în fapte. Erau albul și negrul. Bucuria și osânda. Dar erau ai mei. Și în clipele când se certau, erau ai mei. Exista, poate, o iubire în fiecare ceartă a lor. Un dram de admirație și de recunoștință. Amândoi știau lucrul acesta.

Din amintiri, mama îmi povestea, râzând: „Emil, iar ai lăsat ușa de la intrare deschisă. Poate ne-om trezi cât de curând, în casă, cu pețitorii tăi de prieteni. Te miri că birtul nu le-ajunge. S-or muta la noi.".

„Așa, și ce propui?", îi răspundea tata. „Propun că ești un bou!", îi întorcea vorba, mama. Iar apoi își vedea de treaba ei.

Bou a fost și când a hotărât să ne părăsească. Atunci când a lăsat ușa deschisă și nu a mai închis-o niciodată. Atunci când, poate, mama a avut cel mai mult nevoie de el în viața ei.

Nu l-am urât. Nu știu, în schimb, dacă l-am iertat. Iertarea e un travaliu scump. O cruce ce-ți apasă umerii și îți bocește glasul. Un semnal de alarmă ce-ți sună al naibii de tare în creier. E timpul să mă trezesc. E timpul să mă iert.

Poate nu am reușit să îl înțeleg niciodată. Poate că nu mi-am dorit să îl înțeleg. Poate că niciunul dintre noi nu l-a înțeles. Poate de asta a plecat.

Poate din același motiv am plecat și eu...

Gândurile îi erau risipite acum printre rămășițele de timp în care își scălda memoria. Se lăsă pradă amintirilor și își puse inima pe pilot automat. Mintea îi era calmă și parcă antrenată într-o reverie lucidă. Ochii i se închideau și se jucau în toate direcțiile într-un REM alarmant. Atunci când nu mai poți visa cu ochii deschiși, o faci cu ei închiși. Te lași hipnotizat de unde ce îți ating vârful urechilor, coborând prin trup și oprindu-se în vârful degetelor de la picioare. Universuri paralele îți fac cu ochiul și îți împing jumătate de suflet într-o altă lume. O altă viață. Unii îl numesc El Paradiso. Chiar dacă Infernul îți gâdilă tălpile, încetezi să te mai uiți în jos. Așa pășești dincolo...

Într-o altă viață, poate oamenii s-ar fi iubit mai mult. Ar fi luptat. Nu ar fi îndurat. S-ar fi ținut de mână și nu și-ar mai fi dat drumul. Într-o altă viață, poate nu am fi fost martori la nenorociri. Drame ale sufletului și răni ce nu pot fi vindecate. Poate am fi fost mai buni, unii cu ceilalți.

Mai aproape de inimi și mai departe de obiecte ce ne fură ochii. Căci pe patul de spital sau în fotoliul de acasă și în fața morții, nu iei nimic cu tine sub pământ. Doar momentele pe care le-ai împărțit cu oameni dragi. Doar amintiri ce-acum le porți în suflet. Doar zâmbetele pe care le-ai adus altora pe buzele crăpate de gerul minții.

Într-o altă viață, poate nu ne-am judeca atât de mult. Am alege să fim fericiți în loc s-avem, mereu, dreptate. Am spune mulțumesc din inimă, ne-am îmbrățișa mai mult și am adormi cu frunțile lipite. Nu spate în spate.

Într-o altă viață, ne-am întâlni mai des cu ceilalți. În loc să-i evităm. Ne-am așeza la aceeași masă și ne-am turna povești în paharele ce se ciocnesc ușor. Am poposi cu sufletul în taverna timpului și ne-am împrieteni la cataramă cu prezentul. Chiar dacă ne-am întoarce în timp, visând cu ochii larg deschiși.

Într-o altă viață, poate că n-am îmbătrâni atât de repede. Nu ne-am uita atât de lung în oglindă. Poate c-am învăța iubirea. Am învăța s-o respirăm și s-o trăim. Căci prea mult amar de vreme am scris-o și-am rostit-o, dar mult prea puțin am și simțit-o.

Într-o altă viață, îngerii și demonii s-ar dezbrăca de haine. Ar râde împreună, iar mai apoi ar face dragoste. Uitând de iaduri și de ceruri vii.

Într-o altă viață, ne-am aduce aminte ce viață frumoasă avem acum și cât de norocoși suntem unii dintre noi. Nu toți au privilegiul acesta. Și totuși îi vezi zâmbind și bucurându-se.

Într-o altă viață, ne-am dori să o trăim pe cea de-acum. Căci nu contează câte vieți vom mai avea. Dacă pe asta n-o trăim așa cum se cuvine, nu merităm decât regrete și suspine.

Și de ce să așteptăm o altă viață? Când putem să o trăim frumos pe cea de-acum.

Martha își luă inima în dinți și puse mâna pe telefon. Mâinile îi tremurau, în timp ce transpirații ușoare îi traversau omoplații. Cu toate acestea, nu avea curajul să îl sune. Se simțea o intrusă. Un hoț neinvitat în spațiul personal. Persona NON grata înconjurată de aripi de vinovăție. Își ascundea sufletul așa cum un derbedeu își ascunde chipul când este prins. Un flagrant al simțirilor și o teamă născută dintr-o teamă și mai mare: Dacă nu o va accepta? Dacă totul e un joc pentru el? Dacă se va întoarce la cealaltă Ea? Dacă ea nu e decât un surogat pentru mintea și trupul lui? Un înlocuitor la timpul potrivit, ca mai apoi să se transforme, subit, într-un interlocutor neinspirat și nedorit. Dacă își pierde timpul cu el?

Prea mulți de „dacă" într-un scenariu în care cei doi nu ar trebui să fie înconjurați de atâtea întrebări irositoare. Își aprinse încă o țigară și o fumă aproape pe jumătate. Gândurile îi erau mascate acum de fumul ce se degaja peste cameră. Trăgea din țigară nevrotic și programat. Asemenea unui robot menit să reacționeze la timpuri calculate. Precum un soldățel iscusit ce execută comenzi și ordine primite de sus. Mâinile tremurânde îi erau acum transpirate, iar degetele i se încolăceau, unul câte unul, amintind neliniștea. Înghițind în sec, își apropie telefonul de urechea dreaptă, așteptând un răspuns. Înainte ca cel de dincolo să scoată vreun sunet, rosti:

— Bună, Cristoph! Cum ești? Totul e în regulă?

— Martha! Mă bucur că te aud. Sigur. De ce n-ar fi?

— Nu ne-am auzit de câteva zile bune. Îmi făceam griji. Am crezut că ești supărat pe mine. Că te-am supărat în seara aceea. Departe de mine acel gând. Să știi. Dar îmi făceam griji.

— Nu te mai gândi la asta. Nu sunt supărat pe tine. Și, oricum, ce a fost, a fost. Acum a trecut. Am fost puțin ocupat zilele acestea. Te rog să mă scuzi. Nu am fost în apele mele.

— Nu îți cere scuze. Te rog. Nu o face. Dacă este cineva care să își ceară scuze, aceea ar trebui să fiu eu. Îmi pare rău că te-am rănit. Ești un bărbat bun. Un bărbat deosebit. Nu meriți săgeți otrăvitoare. Cred că meriți ce e mai bun. De fapt, sunt convinsă că meriți tot ce e mai bun.

Cuvintele Marthei îi ungeau auzul și îi clădeau punți de legătură înspre ea. Știa cum să îl îmbie și să îl atragă în mrejele ei. Îi reușea de fiecare dată. Firea lui se lăsa păcălită și ademenită în colțuri îndepărtate. Îl ținea însă în zona de confort. Deja îi cunoștea trăirile. Suferințele. Privirile. Dorințele.

Un singur lucru nu îi cunoștea. Secretele. Ar fi dat totul să poată pătrunde în mintea și inima lui. Pentru o frântură de timp să îi scotocească sertarele pline de amintiri. Să îi întoarcă cărțile pe față și să schimbe jocul. Așa cum își dorea ea. Pentru că uneori, regulile pot fi schimbate din mers. Fără ca celălalt să își dea seama. Să simtă ceva. Oricât de suspect. Sau de firav.

— Mi-ar plăcea să ne vedem. Îmi doresc asta. Asta dacă îți dorești și tu, firește.

— Da...

— Crezi că am putea să ne vedem la finalul acestei săptămâni? Te invit la mine.

— Ne putem vedea, îi răspunse Cristoph, murmurând.

— Mă bucur nespus. Rămâne atunci pe vineri seară. Te aștept. Ușa mea e deschisă. Ai grijă de tine, Cristoph...

— Mulțumesc, Martha! Pe vineri atunci.

În timp ce Cristoph își lingea rănile, Martha se lăuda. Sorbea, pe ascuns, încă o victorie a așteptărilor. O încununare a eforturilor ei de a-l descoase pe bărbatul din viața sa. De toate firele ce îi încătușau speranța. De toate funiile ce îi strângeau zilele și nopțile. Cristoph nu mai era, acum, o pradă atât de greu de doborât. Saltul mortal fusese deja făcut. Tot ceea ce mai rămânea era să îi acopere chipul cu ghearele și să îl culce la pământ. Să îi imobilizeze respirația și să îi sfărâme oasele sub greutatea ei. Ca mai apoi să îl reconstruiască în totalitate. Să îi acapareze fiorii și să îl sugă cu totul. Ca o centrifugă scăpată de sub control. Să îl facă al ei. Pentru totdeauna. Chiar dacă totdeauna se termină, uneori, atât de repede.

Nu era pentru prima dată când un bărbat îi scăpa printre degete. Când se evapora din universul ei, lăsând-o cu gura căscată și cu șocuri ricoșate în dreptul inimii. Cu ceva timp în urmă, trecuse printr-o experiență similară. Atrăgea, miraculos, bărbați bântuiți de trecut. Fără a închide ușa în urma lor. Se lăsa ademenită în ecuații complicate la care nu găsea rezolvare. Un astfel de bărbat a fost Patrick. Îl întâlnise la un târg de antichități. Îi plăcea să colecționeze suveniruri rare. Să le vâneze mirosul perimat și să le afle istoria. A dat peste el chiar în momentul în care achiziționa o cupă de argint. Îi admira decorațiunile în relief în timp ce Martha puse ochii pe el. L-a sedus într-un timp fulger. Au urmat aproape șase luni de compromis și o relație ce șchiopăta încă de la primele schimburi de vorbe. Bărbatul din patul ei era căsătorit. Știa lucrul acesta chiar de la început. Chiar dacă nu și l-a asumat. Nu l-a împins niciodată înspre divorț, deși îi acapara timpul și încerca să îl păstreze mereu lângă ea. Se complăceau amândoi. În același perimetru închis. Fierbeau în aceeași oală. În aceeași supă reîncălzită și fără gust. Fluturii din stomac începeau să dispară, făcând loc viermilor. Au ajuns într-un punct în care beneficiile își pierdeau din valoare. Se simțeau constrânși într-o tovărășie nefastă. Dăunătoare. Până în punctul în care Patrick s-a întors la soția lui. Fără bilete de adio, fără explicații suplimentare și telefoane surprinse în miez de noapte. Din acel moment, Martha se hotărî să facă ordine în viața ei. Să-și definească bine dorințele și să aibă grijă pe cine alege. Atunci l-a întâlnit pe Cristoph.

Se uita necontenit la ceas. Număra minutele și își căuta gândurile prin camerele goale ale casei. Întâlnirea lor avea să fie revelatoare. Să îi confirme sau să îi înăbușe toate frânturile de silabe ce îi zguduiau trupul. Să descopere, odată pentru totdeauna ce anume se ascunde în Cristoph. Ce porți îi poate deschide pentru a se avânta, apoi, înspre ele. Cu o viteză înfricoșătoare. Ochii ei se împărțeau acum între ceasul de pe peretele din hol și ușa de la intrare. Nu mai avea răbdare. Precum un student ce se afla în fața primului examen. Prima sesiune în care se simțea total nepregătită. Simțea că deține controlul, dar că îl pierde în același timp. Simțea că nu mai poate da înapoi. Era hotărâtă să meargă până la capăt.

La capătul celălalt, soneria ușii se făcea auzită. Cristoph nu întârzia niciodată. Nici măcar câteva minute. Considera că orice secundă pierdută e o luptă irosită.

— Sunt în bucătărie! Intră, te rog!

Vocea Marthei ascundea temeri. Ace minuscule îi străbăteau pielea în timp ce ușa se deschise. Fără a clipi, Martha se repezi înspre el și îl întâmpină.

— Mă bucur să te revăd!

Uitându-se în ochii lui, Martha opri timpul. Voia să îl îmbrățișeze tare de tot, ca mai apoi să îl ia la întrebări. Să îl sărute ușor pe obraz, ca mai apoi să îi trădeze așteptările. Un Iuda contemporan și iscusit. Un prieten cu mâini de argint, ochi auriți, dar cu sufletul de aramă.

— Ți-am pregătit mâncarea preferată, îi rosti ea, în timp ce Cristoph se așeză, încordat, pe unul dintre scaunele din sufragerie.

— Iar eu ți-am adus un vin vechi. Mai vechi decât vorbele spuse la durere. Sper să îți placă. L-am păstrat mulți ani.

— Mulțumesc, însă nu trebuia.

Vocea Marthei prindea curaj. Pentru o clipă finită, se simțea, din nou, în control. Își dorea să îl dețină. Numai așa reușea să fie puternică în fața lui. Doar așa putea să rămână în zona de confort. Să îl aducă pe cel din fața ei în terenul propriu. Căci apele în care te scalzi sunt cele mai sigure. Acolo îl poți invita pe cel de lângă tine și îi poți înmuia, iremediabil, trăirile. Cel puțin, asta credea ea. Asta îi plăcea să știe. Să se simtă în siguranță și să aibă un avantaj.

— Așa cum ți-am spus și la telefon, mi-am făcut griji. Griji că nu te voi mai vedea cât de curând.

Subit, vocea ei deveni mieroasă, în timp ce răspunsurile lui se lăsau așteptate.

Deși lucrau în aceeași clădire, rareori se întâlneau. Cristoph prefera să lucreze de acasă, iar întâlnirile de rutină erau încredințate partenerului lui. Deținea una dintre cele mai mari companii imobiliare din oraș. Era o afacere de familie, moștenită de la părinții lui. Nu și-a dorit acest drum, însă cu timpul a învățat să îl accepte. Nu se simțea deloc un norocos. Dimpotrivă, uneori se simțea sleit de puteri. Împovărat de hârtii, oameni nehotărâți și întâlniri mecanice. Pe Martha a cunoscut-o la un vernisaj. Nu al ei. Ea renunțase la vocație. Era vernisajul unui prieten. Când uiți să faci ceea ce iubești, te mulțumești să îi privești pe ceilalți cum o fac. Din umbră. Uneori, te saturi doar privind. Fără a te bucura însă de succesul lor. Păstrând în suflet dezamăgiri și gust amar. A cunoscut-o într-o perioadă în care ea își pierduse jobul anterior. I-a plăcut compania ei și i-a propus să lucreze pentru el. O invitație acceptată încă de la primele mărturisiri. Profitând de bunătatea omului de lângă ea, Martha îi povesti și despre Ana. Prietena ei de suflet. Fără job și ea. Pe Ana a angajat-o drept secretara lui. Avea experiență în domeniu, iar Martha se ocupa de campaniile de marketing. De atunci, cei doi s-au apropiat destul de mult. El să își înece amarul în paharul ei, iar ea să îl vadă ca un salvator. O relație destul de bizară. O relație bazată pe suferință și incertitudini. În care amândoi își frâng oasele și le pansează, unul sub ochii celuilalt. O relație fracturată de trecutul lui Cristoph și măcinată de prezent. Cine va lăsa garda jos? Cine va ceda primul? Acestea erau întrebările ce s-au născut pe buzele ei.

— Am avut niște zile încărcate. Două proiecte pe care le-am lăsat baltă și la care a trebuit să mă întorc. Visuri neîmplinite și reamintite în treacăt. Nu trebuie să îți faci griji, continuă el. Nu ai vorbit cu Ana?

Cu siguranță nu era răspunsul așteptat de ea. Cuvintele lui Cristoph mascau o grijă mult mai mare. Un complot nedescoperit între mintea și inima lui. Ceva se petrecea cu el. Și nu era deloc în avantajul Marthei. Tocmai de asta se afla, în seara aceasta, aici. Tocmai de asta erau, acum, împreună. Martha trebuia să știe. Trebuia să afle totul...

— Nu, nu am apucat să vorbim. Te invit la masă, continuă Martha, cu un zâmbet răscolitor.

— Nu cred că am poftă de mâncare. Nu acum. Puțin mai târziu, poate. Sper să nu te superi.

— Deloc. Putem să mâncăm când dorești, răspunse ea în grabă.

Cristoph nu era conectat cu realitatea. În vorbele și gesturile lui se simțea durerea. Parcă ştia de ce a fost chemat. Un prizonier conştient de execuţie. Călăul din faţa lui îşi pregătea uneltele. Milioane de gânduri traversau acum prin timpul lui. Vizita aceasta se transformase, dintr-o dată, într-o confesiune. Un tribunal nemilos ce îşi tratează crunt condamnaţii, înlăturând prezumţia de nevinovăţie. Cristoph era pus, acum, faţă în faţă cu temerile lui. Faţă în faţă cu adevărul nerostit. Nu mai era cale de scăpare. Şi cine putea fi o persoană mai nepotrivită căruia să îi destăinuie inconştientul, decât ea?

Voind să-şi limpezească apele tulburi din cap, se apropie, uşor de ea, încercând să îşi facă loc în braţele ei. Parfumul ei îl ademenea, iar ţinuta elegantă şi sexy îl atrăgeau într-un joc periculos. Un joc în care regulile erau făcute de celalalt. El era doar un protagonist. Un jucător aruncat în mijlocul arenei. Apropiindu-se şi mai mult, încercă să o sărute, în timp ce degetele lui îşi făceau loc pe genunchii ei.

Cu un aer ferm, Martha îi îndepărtă graţios mâinile şi îi spuse:

— Astăzi, nu. Astăzi vreau să vorbim. Despre tine. Despre tot ceea ce nu știu. În seara aceasta vreau să fii sincer cu mine. Să îți arunci toate măștile și să mă lași să înțeleg. Să înțeleg ce se petrece cu tine. Să știu care este rolul meu în tot acest tablou conturat în grabă. Să îmi spui despre tine și despre voi. Să îmi povestești despre... Ea!

Vorbele Marthei îi răsunau peste tot. Rezonau și vibrau a teamă. Cristoph nu s-a mai simțit de multă vreme atât de încătușat. Încolțit de umbre nemiloase. Ridicându-se de pe scaunul de lângă ea, se propti, devastat, pe canapea. Lanțurile lui Prometheu erau acum în jurul inimii lui. Numai că, în acele momente, nu se simțea deloc un zeu. Nu exista niciun braț herculian care să îl salveze și să îl răpească din amorțeala zilei. Iar focul din sufletul lui începea, încet, încet, să se stingă. Pentru o fărâmă de secundă, își dori să plece. Să uite unde a ajuns. Să plece acasă și să se cufunde printre cărțile uitate în bibliotecă. Să își aducă aminte de oameni. De iubire. Îi părea rău că nu a mai citit nimic. Parcă îi era groază de poveștile descoperite printre paginile dedicate lui. Hotărî să rămână. Să vorbească. Să-și vindece rănile. Să mărturisească adevărul. Adevărul ascuns atât de mult timp. În primul rând, față de el însuși.

Mâinile lui Helen începeau să transpire. Musculatura îi era încordată și parcă puteai să îi simți convulsiile ușoare din dreptul pieptului. Tremurul din voce începea să fie tot mai alert, iar ochii i se făcuseră mici.

— Putem face o pauză, dacă asta simți.

— Nu, răspunse Helen, trezită din transă. M-am săturat de pauzele din viața mea. Mi-aș dori să am puterea să apăs butonul de „continuare". Am trăit într-o pauză neîntreruptă. O moarte clinică a respirației, fără precedent. E timpul să trezesc ceea ce a mai rămas întreg în mine. Numai așa pot supraviețui. Numai așa pot câștiga războiul cu mine.

— Prea bine, atunci. Aș vrea să îmi povestești despre un om foarte important din viața ta. Crezi că poți face lucrul acesta? Crezi că o poți readuce pe mama ta, printre noi? Cât pentru o clipă.

— Mama s-a stins repede. Mult prea repede. E greu să amintesc despre ea. Însă, e atât de ușor atunci când îi revăd chipul. De multe ori o visez. Chiar și în nopțile în care adorm târziu. O visez aievea. E o legătură indestructibilă. Parcă mă vizitează să îmi arate viitorul. Nu de puține ori mi-a transmis lucrul acesta. Nu de puține ori m-a ghidat. Atunci simți că prinzi putere. Cât pentru o nouă dimineață în care uiți că ești singur. Se spune că mamele nu mor niciodată. Un om care își dă viața nu poate să rămână fără flacăra ei. Eu am știut mereu că pe mama nu am pierdut-o, cu totul. Amprenta ei e acum mai puternică decât orice. O simt peste tot. Mi-ar plăcea enorm de mult să știu cum mă simte ea. Dacă e împăcată sau e tristă.

Dacă se uită la mine ca o mamă răvășită, sau dacă energia ei radiază. Mi-ar plăcea să știu că nu a regretat nimic din ceea ce m-a învățat. Din ceea ce m-a lăsat să descopăr cu și prin ea.

M-aş bucura nespus să știu că durerile ei acum nu o vor mai bântui niciodată. Au început în urmă cu patru ani. Porneau din creștetul capului și ajungeau în dreptul plămânilor. Acolo se opreau. Se spune că plămânii nu dor. Sau poate asta ne place să credem. Fuma destul de mult. Deși nu am moștenit acest obicei de la ea, am înțeles-o. Cred că erau singurele ei momente de evadare. De relaxare a minții. Chiar dacă trupul îți este intoxicat cu premeditare. Paradoxul oamenilor nefericiți. Am crezut întotdeauna că oamenii tulburați sufleteşte ascund cele mai oribile vicii. Ba chiar i-am judecat, neînțelegând că zbuciumul ce-i înconjoară e mult prea apăsător. Durerile sufletului nu se văd. Se simt. Poate doar de cei care suferă, în tăcere. În tăcere a suferit și ea. Și-a ascuns durerile. Atât cele fizice, cât și pe cele înalte. A încercat mereu să ne protejeze. Să ne arate numai bucuriile vieții deși, ne pregătea pentru greutățile și păcatele ei de mai târziu. I-a reușit de fiecare dată.

Am crezut că pot să îi iau durerea cu mâna. Așa cum făcea ea când eram mică. O simplă atingere plină de iubire era suficientă, încât să nu mai simt nimic. Disconfortul nopților și al zilelor în care mama se îngrijea de bolile mele. Bolile copilăriei. A trecut prin toate și suferea la fel de mult ca mine.

Eu nu am putut face asta. Oricât de mult am încercat. Oricât de mult m-am rugat. Mi-am julit genunchii seară de seară, implorându-L pe Dumnezeu să nu mi-o ia. Să își amâne planul. Plângeam fără ca ea să mă vadă. Îmi amintesc că îi spuneam că merg să vorbesc la telefon cu clienții mei. O mințeam. Îmi baricadam sufletul în camera alăturată și începeam să plâng. Plângeam și câte o oră. Până când mama mă striga. Mă chema la ea pentru că nu mai suporta durerile. Eram singura ființă aproape de ea în acele momente. Tata era mai mereu plecat. Când se întorcea de la muncă, mânca în grabă și se făcea nevăzut. Ne spunea că trebuie să meargă în oraș. Avea treabă. Nu am știut niciodată ce treburi avea de rezolvat. Probabil fugea, simțindu-se neputincios în fața mamei. În fața bolii ei. În fața morții. Așa cum mă simțeam și eu. Când se întorcea acasă, seara târziu, se arunca în fotoliul abandonat din sufragerie și pornea televizorul. Se juca cu telecomanda și schimba, haotic, canalele. Până când se plictisea și mergea să doarmă. De multe ori mă trezea din somn, în toiul nopții, să merg să stau cu ea. Erau momente când mama plângea de durere. Nu știam ce să fac. Uneori, sunam la salvare chiar și de două ori într-o noapte. Nu voia să meargă la spital. Își dorea să fie acasă. Îmi spunea: „La spital, durerile sunt aceleași. Aș vrea să le îndur acasă, nu printre chipuri necunoscute."

Pe tata l-am învinovățit mereu. Că nu a vrut să o ducă la doctor atunci când trebuia. Că nu a rămas lângă ea când eu eram plecată. Că nu a putut să o ajute. Că s-a lăsat pradă temerilor și slăbiciunii. Că a închis ochii și a uitat să îi mai deschidă. Că ne-a abandonat subit și fără milă, așa cum luna părăsește noaptea. Îmi spunea că, dacă mama moare, el nu va putea sta singur. Că își va găsi o femeie cu care să locuiască. Că viața e făcută pentru doi. Chiar dacă el a împărțit-o în mii de bucățele deșarte. Nu îl băgăm în seamă. Mă făceam că nu aud. Deși, mă durea. Mă durea tot ce îmi spunea. Mă gândeam cu furie – cum poți să vorbești de moarte și de o altă femeie când sufletul tău geamăn e încă în această casă? Cât de nemilos poți fi? Cât de netată, cât de nesoț și cât de netot poți fi? Ceva mă oprea mereu să răbufnesc. Îl lăsam în lumea lui și mă contopeam cu lumea mamei mele. Așa au trecut zilele noastre...

Martha se ridică de pe scaun și se îndreptă înspre bucătărie. Sticla de vin îi făcea cu ochiul. Apropiindu-se de ea, o luă în mână și, pe un ton liniștit, îl întrebă:

— O deschidem acum sau mai târziu?

Cristoph își reveni puțin din cădere și răspunse:

— Acum e bine. Simt nevoia să beau ceva. Poate așa voi prinde curaj. Asta mi-a lipsit întotdeauna, cred.

Ridicându-se de pe canapea, se îndreptă cu pași hotărâți către Martha, apucând-o de mână.

— Permite-mi, te rog! Tu, adu paharele.

Zâmbi în treacăt și desfăcu sticla.

Căzând din nou pe gânduri și așteptând-o pe Martha, Cristoph își servea monologul.

— Suntem ciudați, noi oamenii. Avem nevoie mereu de recompense. De catalizatori pentru minte și inimă. De stimuli pentru a ne încerca voința. O băutură aleasă te va face mereu să îți deschizi spiritul. Să-l pui pe tavă în fața celuilalt și să-ți recunoști slăbiciunile. Trebuie să bem pentru a fi sinceri unii cu ceilalți?

Nu, nu cred. Dar ajută. Ajută al naibii de mult. În special atunci când perdelele, după care neam ascuns atâta amar de vreme, cad în jurul tău. Straniu sentiment. Nu crezi?

Martha îl auzi, dar nu îi răspunse. După o pauză scurtă în care paharele din fața lor erau deja umplute, își întoarse privirea către el și, cu un glas potolit, îl șopti:

— O mai iubești?

Întrebarea ce nu i-a dat pace în ultimul an a fost, în sfârșit, adresată de către altcineva.

Și dacă știa răspunsul, prefera să îl evite. Să îl îndese bine de tot în cotloanele minții și trăirilor lui. Să îl apese cu tărie și cu o forță de nedescris. Să îl sugrume voit și să-l anihileze cu totul. Cu toate acestea, astăzi Cristoph alegea sinceritatea. Pactul făcut cu el însuși de a-și supune trăirile unei singure concluzii. Sforile erau, deja, trase. Cortina, într-un final lipsit de armonie, a căzut. Secretul lui Cristoph a fost deconspirat. Fricile Marthei s-au adeverit.

Zeii au fost puși la pământ, iar lupta de abia acum urma să înceapă.

— Da, o mai iubesc! Nu cred că am încetat niciodată să o fac. Nici atunci când a ales să mă îndepărteze de ea. Când mi-a zdrobit sufletul și m-a pus la zid. Când mi-a spus să plec. Într-o sclipire de secundă. Într-o atingere de eternitate. Când s-a hotărât să arunce pe geam tot ce am clădit împreună. În inimă și împrejurul ei.

— Nu înțeleg, îi spuse, Martha, pe un ton agitat. Te rog, spune-mi pentru că nu mai înțeleg nimic. Când ne-am cunoscut mi-ai spus că tu ai fost cel care a ales să plece. Mi-ai spus că distanța e cea care v-a îndepărtat. Că nu mai suportai drumurile. Că nu voia să se mute cu tine. Mi-ai spus că nu v-ați mai înțeles și că v-ați stins, încetul cu încetul. Că ai ales să îi spui. Mai bine acum decât mai târziu. Mi-ai spus că...

— Da, răspunse Cristoph, ridicând tonul! Da!

Vocea lui era acum sortită unei alte lumi. Ridicându-se, brusc, în picioare, glasul lui se transformă într-un urlet fără ecou.

— Da! Ți-am spus multe lucruri. Ți-am spus ceea ce voiai să auzi. Ceea ce voiam și eu să aud. Te-am mințit pentru că un bărbat acceptă foarte greu înfrângerea. Cu toate acestea, nu a fost vorba de nicio luptă. Cele mai terifiante lupte se dau în interior. Orgoliul meu a murit în clipa în care am cunoscut-o pe ea. Petele egoului s-au șters în clipa în care îi auzeam, de fiecare dată, vocea. A fost singurul om care a reușit să îmblânzească animalul nesătul din mine. Singura ființă ce a pășit în cușca mea, știind că poate fi devorată. Da! Ți-am ascuns adevărul pentru că am fost un laș. Un om mult prea slab pentru a accepta realitatea lumilor. Ți-am ascuns adevărul pentru că m-am protejat. În lupta mea tembelă și fără sens mi-am protejat sufletul.

Cuprins de furie și de vorbe acide, Cristoph se dezlănțui.

— Nu ți-am datorat nimic atunci și nu îți datorez nimic acum. Schimbul dintre noi l-am simțit. Atât sus, cât și jos. În piept. Tot ceea ce am simțit pentru tine și tot ceea ce am trăit, cât de puțin, a fost real. De ce îmi faci asta? De ce mă pedepsești acum cu întrebările astea? Cu ce ti-am greșit să mă abandonezi și tu?

Martha începuse să fie cuprinsă de teamă. Nu îl văzuse niciodată așa. Reușise, într-un moment premeditat să scoată la iveală demonii din el. Cu mâinile împreunate și cu o privire ferită, îi spuse:

— Mă sperii!

— Îmi pare rău, îi răspunse el. Îmi pare rău. Nu știu ce se petrece cu mine. Nu am vrut să mă vezi așa. Nu am vrut să mă vezi în halul ăsta. Din acest motiv am evitat zilele acestea să ne întâlnim. Cred că e timpul să plec. Nu vreau să ajungem la regrete. La cuvinte ce apasă răni.

Martha îl apucă de mână și îl trase înapoi.

— Te rog să nu pleci. Stai cu mine. Am nevoie de tine. Așa cum ești tu. Cu bune și cu rele. Cu povești dureroase sau fără. Te rog, rămâi în seara asta!

Cristoph se liniști. Se așeză cu grijă pe marginea scaunului și își puse mâinile pe genunchi. Privirea lui trecea prin ea, era bântuită, parcă, de o nălucă pe care o urmărea plutind în alte lumi, departe de ce se întâmplă acum. După o pauză ferecată de liniștea dintre cei doi, continuă:

— Îți voi povesti tot, spuse el. Tot ceea ce nu ți-am spus când trebuia să o fac. Tot ceea ce am trăit cu Helen...

— Helen, știu că îți este greu să vorbești despre mama ta, însă acest lucru te va ajuta.

— Știu, răspunse ea. Știu că orice rană

apăsată oprește tot mai mult sângerarea din suflet. Nu am avut niciodată puterea necesară de a vorbi despre mama. Despre părinții mei. Am ascuns toate aceste trăiri bine de tot în inimă. Totuși, acum mă simt mult mai puternică.

— Dacă te simți în stare, poți să îmi povestești și ce a urmat.

Helen își strânse aprig pumnii și apoi continuă.

— A urmat multă durere. O durere surdă ce ne-a pregătit, încetul cu încetul pentru tot ce avea să fie mai rău. Într-un final, am convins-o pe mama să mergem la doctor. Simțeam că trebuie să fac orice pentru a o salva. Chiar dacă timpul nu ține cu tine, tu lupți. Lupți în negura lui și te rogi. Te rogi mult. Te rogi chiar și atunci când nu îngenunchezi. Adormi în rugăciune și te trezești cu ea pe buze și în minte. Uneori, tot ce îți mai rămâne de făcut e să aștepți.

Ooh, Doamne, și cât de cruntă e așteptarea. Incertitudinea zilei de mâine sau chiar a clipei de mai târziu. Faptul că nu poți controla nimic, nu poți ajuta cu nimic, faptul că ajungi să te simți un impotent al momentului, un impotent în fața morții și al suflului ei. Atunci apare deznădejdea. Atunci cel negru îți bate la ușă. Atunci diavolii din minte prind curaj, iar licuricii din inimă se topesc iremediabil. În acele momente credința îți e pusă la încercare. Iar crucea pe care ai ridicat-o de abia acum începe să își pună amprenta pe umerii tăi goi.

Drumul anevoios de abia acum începe. Suferința primordială. Așa obișnuiam să o numesc. Mă gândeam că fiecare om de pe acest pământ are o cruce a lui. O cruce pe care va trebui, la un moment dat, să o poarte. Să o care în spate. Să îi zdrobească cartilajele și să îi usture toate straturile de piele. Să îi ardă sufletul și să îi întunece vederea. Boala mamei mele a fost crucea mea de atunci. Precum și a ceea ce i-a urmat. Mama însă, m-a învățat să fiu puternică. A investit atât de mult optimism în mine, încât nu înțelegeam de unde își trage energia.

De unde are atâta vlagă, atât spirit și atât de mult frumos în ea.

Iubirea e răspunsul, îmi spunea ea. Iubirea e răspunsul la nenorocirea lumii și a timpurilor. Răspunsul suprem în fața totului ce devine neajuns. E greu să întorci obrazul vieții atunci când primești pumni de la ea. E greu să te ridici când tălpile îți sunt deja tocite de dulce-amarul ei. E și mai greu să te împaci cu tine când știi că timpul îți e numărat. Nu toți au capacitatea asta. Nu toți pot sta neclintiți în fața morții. Mama mea a făcut-o. Înainte și în pragul ei.

Îmi amintesc vizita doctorului și rezultatele crunte ale analizelor. Întorcându-mă dintr-o scurtă delegație și lăsând-o pe mama în grija tatălui meu, am priceput că lucrurile erau mai grave decât îmi puteam imagina. I s-a descoperit o tumoare de șase centimetri pe plămâni, iar mai apoi o metastază singulară de aproape trei centimetri pe creier, în partea din spate. Am fost devastată. Ruptă complet de realitatea ce mă izbea în acele momente peste tot.

Mama, o optimistă. Avea curajul să zâmbească. Chiar și atunci, în momentele ei de maximă încercare, în momentele ei de sfârșit, zâmbea. Am crezut mereu că oamenii care zâmbesc în fața morții, deschid cerul și își croiesc porți către Rai. Zâmbetul se înalță către cer, ajunge în dreptul soarelui, apoi se contopește cu el. Soarele ia zâmbetul și îl proiectează în infinit, fracturându-l în trilioane de alte zâmbete. Mai apoi, îngerii sunt pregătiți, unul câte unul, să adune frânturile de zâmbet și să le ducă acasă. Să le unească pe toate, bucățică cu bucățică și să reconstruiască perfect chipul celui ce urmează să le pășească pragul. Atunci Dumnezeu zâmbește și El. Atunci începe altceva...

Toate aceste lucruri îmi amintesc de o poveste. O poveste pe care am trăit-o acum ceva amar de vreme. E povestioara unei bătrâne care și-a trăit, probabil, ultimii ani din viață sub lumina unei împliniri sufletești. A unor copii realizați, a unui serviciu bine făcut și a unei familii pe care a încercat să o ocrotească de la începutul iubirii și până la sfârșitul timpurilor. Cel puțin, asta reușeam să văd din exterior.

Realitatea însă, era una mult mai dură. Desprinsă parcă dintr-un episod macabru. O pedeapsă divină ce a încercat-o pe această femeie timp de peste treizeci de ani. O femeie fără nume. Un om pe care nu îl cunoșteam. Nu-i știam nici măcar vârsta, deși am încercat să o aproximez. Până la urmă, toate aceste detalii nu contează.

Ceea ce contează, în schimb, e ziua în care am întâlnit-o. O zi care m-a pus serios pe gânduri și care m-a făcut să îmi dau seama de un lucru deosebit de trist. Unii oameni duc o luptă mult mai mare și mai grea decât noi. Ar trebui să fim recunoscători și să mulțumim zi de zi pentru ceea ce avem. Ceea ce suntem și drumul peste care pășim.

Era puțin trecut de ora doisprezece, la prânz. Terminând pauza de masă, mă îndreptam înspre birou cu gânduri anapoda și ochi răscolitori. Era o zi ca oricare alta. O zi trăită în lumină și speranță, o zi cu multă mișcare și cu multe lucruri ce aveau să se petreacă ulterior.

Ajungând în parcarea din spatele clădirii în care lucram și încercând să îmi fac loc, discret, printre mașinile așezate militărește, mi-am dat seama că cineva îmi „blocase" neintenționat drumul. Era vorba despre bătrânica din poveste. Un om pe care ochii mei îl remarcaseră și în alte dăți, dar pe care sufletul nu a chibzuit să o facă. Nu însă și de data asta.

Așteptând ca bătrâna să plece din drumul meu, pot spune că am fost năpădită aproape spontan de o mie de trăiri și sentimente. Mă simțeam atât de neputincioasă în fața vieții și în fața acestui om. Trecând mai departe, mi-am răsucit, ușor, umerii și am aruncat o privire peste ei. Am fost copleșită de lacrimi. Dar nu erau lacrimi de bucurie. Erau lacrimile unei tristeți nevinovate, a vieții care își vede de cursul ei firesc și a morții care ne paște pe toți, într-un final.

Am ezitat pentru un moment și m-am întors din drum. Picioarele bătrânei însă, parcă opriseră timpul. Se mișca atât de încet, încât puteam vedea frânturi din viața acestui om în fața mea. Cu o mână pe cele două plase pe care le ținea cu greu și cu alta pe bastonul care devenise un camarad bun, bătrâna încerca să pășească spre viață. Avea picioarele zdrobite în urma unei operații, iar genunchii nu o mai ajutau. Cu pași dezechilibrați, cu o durere ce păta drumul pe care ea îl tocea zi de zi și cu un chip alinat de frumusețea și tristețile vieții, bătrâna încerca să ne spună că încă nu a sosit timpul. Timpul ei încă este pe acest pământ.

Atunci mi-am dat seama de un lucru. Că pot face o diferență. Oricât de mică. Că o pot ajuta. Cu orice. Necondiționat.

Ajungând în fața ei, am întrebat-o încet și atent dacă are nevoie de ajutor. S-a uitat lung înspre mine, iar chipul i s-a luminat. Asemenea soarelui care își face simțită prezența după nori cenușii și deși. Cu un glas tremurând și firav, mi-a spus că dorește să meargă la patiseria de peste drum să cumpere două lipii. Două lipii puțin mai rumenite. Numai atât.

I-am spus să se sprijine de Volvo-ul de lângă ea și să mă aștepte. Am plecat înspre patiserie, sub privirea atentă, mirată și răscolitoare a celor din jurul meu. Niște trecători. Ceea ce m-a bucurat enorm însă, a fost faptul că în acea zi, în acel moment și în acel loc, eu am ales să nu mai fiu un simplu trecător. Să nu mai fiu un simplu privitor.

Întorcându-mă de la patiserie, am ajutat-o pe bătrână să pună lipiile într-una din plasele de rafie mototolite și mă pregăteam să plec.

Înainte de a pleca, mi-a mulțumit sincer, asemenea unui copil care a primit cel mai frumos cadou de ziua lui, spunându-mi: „O tânără frumoasă care m-a ajutat. În ziua de azi, tinerii sunt toți frumoși, însă nu mai ajută!"

Contemplând pentru câteva secunde la cele auzite, am luat-o, ușor, pe bătrână de mână și am condus-o pe o băncuță ce te invită la visare. În spatele ei se adăpostea parcul central al orașului. Așezându-ne, pentru o fracțiune de eternitate, pe băncuța alintată de umbră, bătrâna mi-a înșirat bucăți de viață.

Avea doi copii. Din ultima relație. O fată și un băiat. Fata era plecată în Australia. Un loc atât de îndepărtat sufletelor noastre. Se îndrăgostise de un fermier pasionat. Un tânăr ce își scălda visele în mijlocul naturii. S-au îndrăgostit atât de repede, încât ea a plecat la el. Nu am întrebat cum s-au cunoscut. Cred că nici nu conta. Băiatul era plecat în Germania. Era talentat și dedicat calculatoarelor. Primise o ofertă de lucru de la CommerzBank și se mutase în Frankfurt. O vizitau destul de des. Au încercat să o ia cu ei, însă nu a vrut să plece. Spunea că e prea bătrână să se împace cu Occidentul. Călătoriile îi plăceau, însă gândul că va părăsi orașul o cutremura.

Primul ei soț a murit la vârsta de treizeci și doi de ani. A făcut infarct într-o după-amiază de primăvară. L-a găsit în bucătărie, trântit pe podea. A crezut că leșinase. Când s-a apropiat de el, și-a dat seama. Se căsătoriseră cu doi ani înainte de nenorocire. „Dumnezeu avea alte planuri cu el!", asta îmi tot spunea. A urmat o perioadă neagră în care inima-i împietrită nu a dat semnale. Nu voia să cunoască pe nimeni altcineva. După aproape șapte ani, l-a cunoscut, întâmplător, pe Victor. Era mai mic decât ea cu vreo cinci ani.

A fost primul bărbat care a reușit să îi dezghețe inima după atâta amar de vreme. S-au căsătorit destul de repede. Lucra în port. Adora marea și tot ce o înconjura. După câțiva ani, într-o seară liniștită de toamnă, a primit un telefon. Victor făcuse un accident teribil. În timp ce manipula marfa de pe capacul navei acostate în dană, un container s-a desprins de pe marginea stabilizatorului și a căzut peste el. Avea lovituri crunte în jurul capului și numeroase contuzii. După câteva ore, a murit la spital. Cu niciunul dintre cei doi nu avea copii. Își dorea mult o familie. Renunțase însă la acest gând. Se considera blestemată.

Pătată de păcatele părinților ei și de umbrele ce i-au întinat sufletul, de-a lungul anilor.

Pe Victor l-a iubit mult. Deși iubirea lor a fost stinsă mult prea devreme. Împachetată între fiare vechi și zdrobită în miimi de secundă. Și-a purtat durerea ca o martiră chiar și după ce l-a cunoscut pe Amand. Era un bărbat distins, dintr-o familie aristocrată. Nu se îndrăgostise de el, însă cu timpul a început să-l îndrăgească. Au trăit împreună mai bine de zece ani. Cu el făcuse și cei doi copii. Lumina ochilor ei. Întorcându-se, într-o după-amiază de la serviciu, a găsit un bilet pe marginea comodei de la intrare. Era un bilet de adio. Amand plecase.

După o decadă de trăiri, tatăl copiilor ei se hotărâse să îi părăsească. Deși părea un suflet nobil, nu a avut niciodată curajul să o înfrunte. Din acest motiv i-a lăsat biletul. Nu a putut da niciodată ochii cu ea și să îi spună adevărul. Se mutase în alt oraș. Pesemne în brațele altfel femei. Nici nu mai conta. Mototolind hârtia din palmele ei, își continua viața. În același ritm damnat. A făcut-o însă cu sufletul învins. Dar a mers mai departe. Departe de orice vină pe care și-a atribuit-o în toți acești ani blestemați. A învins durerea fără a se așeza pe tronul ignoranței. Fără a avea nevoie de un piedestal. De o statuie ce-i contura chipul.

Omul acesta îmi aduce aminte foarte mult de mama mea. Ambele puternice în fața necazului. Al imprevizibilului. Al torturii veșnice.

Nu știu dacă am învățat ceva din toate astea. Probabil că da. Pentru o perioadă foarte scurtă de timp. Lăsându-mă pe urmă, prizonier al tumultului din mine.

Helen era tristă. Povestea bătrânei și a mamei ei îi dezlegase barierele inimii. Camera avea acum un aer înghețat. Posomorât. Mai exista totuși o luminiță pe care o putea strânge în pumni. O scânteie cât de mică de care se putea agăța, ghidând-o prin Infern.

— Helen, tot ceea ce mi-ai povestit este foarte trist. Cu toate acestea, unii oameni luptă. Așa cum a făcut și mama ta. Așa cum a făcut și bătrânica din povestea ta. Așa cum faci și tu acum.

— Am luptat destul de mult. Până când armele au ruginit. Până când negrul a pus stăpânire pe mine în totalitate. Când milioane de voci îmi spuneau că totul e în zadar.

— Spune-mi, te rog, ai încercat să te sinucizi?

Helen se oprise din respirat. Clipind derizoriu, răspunse:

— Da! Am vrut o dată să pășesc într-o altă Lume. O lume mult mai bună. Am încercat să respir aerul plin ce îmi tăia nările în miez de șoaptă.

S-a întâmplat într-o singură noapte. Atunci când cerul e întunecat și rece. Nu am putut adormi deloc. Nu îmi mai găseam locul în acest Univers.

După ce m-am despărțit de Cristoph, după moartea mamei mele și după eșecul tatălui meu, am încercat să îmi iau rămas bun. Și acum îmi aduc aminte cum mâini aspre îmi împingeau spatele și mă ghidau spre infinit. Simțeam vântul cum mă îmbrățișează, iar distanța dintre mine și ce era jos nu mă înspăimânta cât de puțin. Stăteam pe marginea balconului și așteptam un semn. Oricât de minuscul.

— Ce te-a oprit?

— Ce m-a oprit? Vocea ei. Chipul mamei mele ce s-a năzărit în fața ochilor mei. Zâmbetul lui Cristoph și prezența tatălui meu. Îi vedeam pe toți în acele momente. Unul lângă celălalt. Ca un scut invizibil ce te protejează de necunoscutul din jurul tău. Ei m-au oprit. Viața m-a oprit. În disperarea mea eram prea egoistă să fac pasul decisiv. Pentru că povestea mea nu avea cum să se termine aici...

— Vreau să îmi povestești, Cristoph. Vreau să te ascult. Și dacă vom sta toată noaptea treji. Cu o căutătură devastată, Martha se așeză lângă el.

— Nici nu știu cu ce să încep. Probabil nu există începuturi în asemenea momente, ci doar sfârșituri.

— Începe cu ce dorești tu. Eu te voi asculta.

— Nu am înțeles niciodată de ce ne-am pierdut. Mă așteptam să o văd în brațele altui bărbat. Era singurul motiv ce avea sens. Ce mă putea face să o urăsc și să îmi vindec rănile. Nu s-a întâmplat lucrul acesta. Cel puțin, nu atunci. Am încercat din răsputeri să caut răspunsuri. Chiar și divine. Nu le-am primit. Nici măcar în acest moment. După atât timp. Am încercat să vorbesc cu ea. Să aflu adevărul. Nu am putut răzbi. Nu voia să vorbească despre asta. Nu reușeam să o domolesc nicicum. Hotărârea ei a fost definitivă. Primele zile au fost crunte. Încă ne vedeam. Destul de rar, însă suficient să îmi încarc sufletul cu prezența ei. Mai apoi, mi-a spus că nu ne mai putem întâlni. Totul s-a dărâmat atât de repede. Se schimbase total. Nu mai zâmbea, nu se mai bucura, nu mai regăseam acea sclipire în ochii ei. Devenise un alt om. Se împietrise. Parcă o făcea voit. Am încercat să înțeleg și să îi descifrez puzzle-ul ființei. În zadar. Poate că așa mă putea uita. Poate că așa îi era mai ușor să ne îngroape pe noi. Nu știu. Tot ceea ce știu este că se încheiase. Deși eram despărțiți deja, am aflat despre moartea mamei ei imediat. Știam că era bolnavă. Cât am fost împreună, am încercat să îi fiu alături și să o ajut cu orice. Evita mereu subiectul. Nu îi plăcea să vorbim despre asta. Îmi repeta că asta este crucea ei și că trebuie să o ducă singură. Am înțeles-o și i-am respectat decizia. M-a îndepărtat însă, așa cum oamenii își îndepărtează trupurile în ceața deasă ce îi străpunge. Am fost la înmormântare. Am avut grijă să nu mă vadă. Am urmărit-o îndelung și am suferit împreună cu ea. Sufletul meu se rupea în toate direcțiile. Chiar și acum îi simt, parcă, lacrimile pe obraji. Am stat până la final. Era singură. Atât de singură, înconjurată fiind de atâția oameni. Apoi m-am făcut nevăzut. Nu am vrut să știe că am fost acolo. Deși, poate totuși mi-a simțit prezența sau, cel puțin, așa mi-aș fi dorit.

Eram atât de plin de ea, de durerea ei, de dragostea noastră, de tăcerea dintre noi, încât simțeam că tot universul se concentrase în noi doi, ca o pereche primordială care, chiar despărțiți, sunt condamnați să rămână împreună, până la sfârșitul veacurilor. Nu avea cum să nu simtă că sunt acolo, lângă ea, că am fost întotdeauna, că în toată adunarea funerară nu eram decât noi doi și zâmbetul mamei ei deasupra noastră, așa simțeam, nu înțeleg cum de nu m-a văzut, cum de nu m-a simțit... M-am gândit atunci că o împietrise durerea, că tot ceea ce eu simțeam era și în sufletul ei, că eram împreună, predestinați, dar uși de fier îi pecetluiseră acum simțirea, că nu trebuia decât să mă îndepărtez discret și să aștept să se deschidă, să vină iar spre mine cu râsul ei de copil încrezător, așa cum o știam...

Am crezut pentru multă vreme că acesta a fost motivul despărțirii noastre. Boala mamei ei. Totuși, știam că oamenii ar trebui să fie mult mai uniți în clipele care ucid. Să fie mai aproape unul de celălalt. Să treacă peste necazuri, ținându-se de mână. Strâns. Foarte strâns. Cu noi nu a fost așa. Dragostea noastră a pălit într-o singură zi. Așa cum s-a înfiripat la începuturi, așa de repede și-a frânt aripile. Rupte fără milă. A fost ultima oară când am văzut-o. A pălit sau a fost ferecată pe vecie într-un strigăt surd al durerii pe care nu a vrut să o împartă cu mine, nu știu, nu înțeleg, m-am frământat atât de mult să înțeleg, acum mă simt golit, nu îmi mai doresc...

În ochii lui Cristoph se scăldau, cu zbucium, amintiri. Vocea îi era liniștită însă sufletul, parcă, îl părăsise.

— Am învinovățit-o pentru tot ceea ce s-a întâmplat. Pentru toate clipele răsfirate printre noi. Deși nu am încetat să o simt, nu am reușit să o iert. Pentru lipsa adevărului. Pentru lipsa răspunsurilor. Pentru promisiunile pe care ni le-am rostit ca doi copii tolăniți în iarbă. Promisiuni ce nu au mai văzut lumina zilei. Promisiuni ce au murit odată cu noi.

Martha se apropie și mai mult de el. Prinzându-l de mâini, se întoarse către el, sorbindu-l.

— Îmi pare rău, spuse ea. Îmi pare rău că a trebuit să treci prin toate aceste momente. Prin tot acest Iad lipsit de capăt. Eu sunt aici. Cu tine. Și nu voi pleca. Nu voi pleca de lângă tine. Să nu uiți niciodată asta.

Cuvintele ei îl alinau. Îi dădeau curaj. Îl făceau să uite. Asta își dorea Martha. Poate că asta își dorea și el.

— Singurul lucru rămas de la ea a fost o carte. Doar atât. Mi-a dăruit-o după câteva luni în care zâmbeam, amândoi, cu sufletul. Nu am citit-o niciodată. Am primit-o cu brațele deschise, lăsând-o mai apoi pe raftul cu titluri uitate. Prăfuite în paloarea timpului. Câteodată, simt că îmi este dor...

Martha îl cuprinse în brațe și se apropie de urechile lui, șoptindu-i:

— Oprește-te! Acum toate au trecut. Acum suntem aici. Strânge-mă în brațe tare. Să îmi simt oasele cum se cutremură sub căldura trupului tău.

Cristoph își plecă capul într-o parte și se așeză în brațele ei. Pentru scurt timp, liniștea din cameră își ascundea ecoul. Secundele împietreau, iar cei doi se cufundaseră în patimi. Corpurile lor erau lipite, iar mâinile aveau să se reîmprietenească. Vibrația dintre ei începea să crească în intensitate, iar aerul se încălzea într-un ritm alert. Bătăile inimilor atingeau puncte critice și se opreau în același catren. Parcă pentru un dram de timp, se simțeau mai aproape unul de celălalt, ca oricând...

— Helen, ești aici?

Se scutură de praful din ochi și de amărăciunea din privire. Pauză totală și semne de întrebare aruncate, anevoios, printre tăceri.

— Sunt încă aici, răspunse. Glasul ei se coborî dinadins și exersa noi începuturi. Sunt aici! Și totuși sunt atât de departe...

— Voiam să revin la tatăl tău. Dacă îmi permiți. Nu a fost la înmormântare? Nu v-ați mai văzut?

— Nu a fost. Când uiți să rămâi, nu poți schimba trecutul. Nu știu dacă mi-aș fi dorit să îl văd. Poate că mama și-a dorit asta. Înainte de a închide ochii. Deși nu a spus-o niciodată. Uneori, secretele din noi ajung în groapă încă înainte de a da mâna cu cerurile.

La mai bine de un an de la plecarea lui, am încercat să îl caut. Primisem niște informații de la un amic cum că s-ar fi mutat în alt oraș. Minți iscoditoare ar fi căutat și mai departe. Eu nu am făcut asta. Singurul motiv ce mă zorea să-i dau de urmă a fost mama. Voiam să știe că i se apropie timpul. Măcar atât. Cât un grăunte de adevăr pe care mintea îl poate digera înainte de a o lua razna, cu totul. Nu l-am căutat de dor. Aceste trei litere nu au mai încăput în alfabetul inimii mele. Nu am simțit niciodată dor de el. Poate doar milă. O milă amestecată cu crâmpeie de furie și dezamăgire.

Există și o justiție divină. Pentru cei care nu pot fi închiși pentru abandon sau pentru inimi zdrobite fără scrupule. Asta am tăinuit mereu despre el. Cu toate că nu i-am dorit răul, îmi imaginam cu patimă palme duhovnicești ce îi usturămobrazul. Există o justiție divină pentru cei care îți fură sufletul. Cam asta a făcut și el cu noi. Atunci când a ieșit pe ușă. Ne-a furat inima și a împărțit-o printre străini. Aruncând-o la maidanezi și în ghena ochilor curioși. Nu am mai auzit nimic de el de atunci.

Poate s-a prăpădit pe o alee pustie, de inimă rea. Poate s-a căit, spălându-și chipul în oglindă. Poate e fericit în alte brațe sau poate e trist și plânge ca un nemernic ce s-a sinucis la comandă. Nu cred că vreau să știu ceva despre el. Nu cred că vreau să simt acum. Nimic...

— Și totuși cum te simți acum? După tot ceea ce mi-ai spus, după tot ceea ce ai retrăit?

— Desculță... Desculță printre pietre reci...

Martha se ridică, încet, în picioare. Își trase mâinile ușor de pe trupul lui Cristoph și se întoarse cu spatele la el. Se apropie, la fel de ușor de el, împingându-și coloana înspre brațele lui. Cu ochii închiși și cu un zâmbet involuntar îi luă mâinile pe la spate și i le puse în jurul șoldurilor ei. Tăcerea absolută din cameră nuanța și mai mult respirația lor severă. Începuse să se unduiască și să îi deseneze forme. Cristoph era semihipnotizat. Pe de-o parte, își dorea să se oprească, pe de alta, voia să-și țină mâinile ocupate.

După câteva secunde de aer cald, își luase mâna dreaptă de pe coapsele ei și o prinse ușor de abdomen. O mângâie cu degetele, apăsând cu arătătorul puncte fine de pe piele. O acupunctură precisă o dezmierdă, în timp ce mâna lui căuta forme ascunse. Martha se așeză cu spatele la el și își îndreptă privirea înainte. Spatele îi era drept și puțin încordat. Dându-i părul într-o parte, Cristoph îi mirosi gâtul și umerii. Degetele lui se plimbau acum în jurul pieptului, în timp ce suflul ei era din ce în ce mai alert. Începuse să o sărute cu mișcări scurte. De la umărul stâng către cel drept, reluând apoi ritualul. O mușcă apoi, ferm, de gât, lăsându-i urme și culori. Cristoph se aprinse.

O ridică, brusc, în picioare, cu o mână ținând-o de mijloc și cu cealaltă prinzând-o de păr. Mai apoi, o luă de mâini, căutând dormitorul. Unindu-și vârful limbilor și cu ochii închiși ce parcă complotau, bâjbâiau orbește până în dreptul patului, atingând cu mâinile pereții ce le stăteau în cale. O trânti pe Martha în pat și se aplecă deasupra ei. Buzele lui căutau acum alte lăcașuri care să-l incite. Gemeau în tandem, acordându-și sunetele la convulsiile ei ușoare. Țintuindu-i ambele mâini la marginea patului, în sus, deasupra capului, Cristoph continuă să îi umezească porii. Într-un moment de pauză nedorită, Martha se ridică puțin și îi spuse cu un glas topit:

— Trebuie să merg până la toaletă. Mă întorc imediat!

— Nu ți-a plăcut tortura inocentă? o întrebă el, cu tremur.

— Ooh, ba da! O ador! Revin cât de repede cu putință. Dezbracă-te! Vreau să îți admir liniile fine și venele ce îți pulsează.

Desfăcându-și, cu grijă, nasturii de la cămașă, Cristoph se întinse pe spate. În timp ce secundele păreau acum minute și ore încurcate, un sunet ascuțit îl trezi din visare. Era telefonul Marthei. Ridicându-se și apropiindu-se de comodă, luă telefonul în mână.

— Martha, te sună cineva. Vrei să îți aduc telefonul?

— Lasă-l să sune. Nu vreau să fiu deranjată de nimeni la ora asta. Probabil e un client uituc.

— Prea bine, spuse el.

Așezând telefonul la loc, observă poșeta Marthei trântită pe colțul mobilierului. Din ea părea că multe hârtii dezordonate încearcă să iasă. Apropiindu-se, curios, pupilele i se deschiseră, mirate. Nu erau hârtii. Facturi. Nici altceva. Erau plicuri. Un mănunchi de plicuri îngrămădite și cu colțurile ușor îndoite. Apropiindu-se și mai mult, citi ceva ce i-a blocat, în întregime, ființa. Apucând cu repeziciune un colț de hârtie, irișii îi înghețaseră total.

Pentru o clipă suspendată, corpul i se răci aproape instant. Chipul i se înnegrise, iar trăsăturile feței se schimonoseau într-o transformare teribilă. Se sprijini repede de pat. Picioarele aproape că îl abandonaseră. Fără a-și mai putea simți tălpile, își acceptă paralizia. O stare generală de rău îl cuprinsese în întregime. Nu se simțise niciodată atât de aproape de moarte, așa cum se simțea acum. Controlându-și, cu greu, tahicardia și lipsa de aer, Cristoph părea că îmbătrânise în bucățele de secunde. Două cuvinte îi răsunau, acum, în creierul ce îi imploda, metalic, sub impulsuri electrice și cutremurătoare. Două cuvinte...

„Expeditor: Helen"

Revenindu-și instantaneu din negura în care se contopise, se roti către comodă și, apucând, lejer de marginea poșetei, strecură scrisoarea înapoi, lângă celelalte. Se tolăni, incomod, pe salteaua patului, amortizându-și trăirile. Vocile umblătoare ce îi zguduiau, neechilibrat, urechile.

Sunt puține momentele în care îți poți reveni, cu desăvârșire, din moartea clinică la care ești, tu însuți, părtaș. E ca și cum ai ieși din trup și te-ai uita la tine. Din toate unghiurile. Din toate cotloanele finite ale camerei. Fără a putea părăsi incinta. Un blocaj absent de orice urmă de control. Să te privești, să te analizezi, să plângi singur la capul tău. Înconjurat fiind de holograme, de fantome, de umbre și siluete parșive. De minciuni mitice și ecouri ce nu îți țin partea.

Ai vrea să-ți spui cuvinte, să te certi și să te alini în același timp, să-ți reproșezi totul, să-ți revezi într-o clipă toate faptele și să îți lauzi trezirea la viață, însă ceva te oprește. Buzele îți împietresc subit, iar limba-ți este înghițită. Te sufoci treptat, iremediabil, înghiți aerul intoxicat din jur, fumul gros îți astupă nările, iar pupilele ți se dilată sub efectul veninului ce-l porți, conștient acum, în tine. Crezi că ești în siguranță, că ești păzit din spatele ușilor închise. Atunci când îți dai seama că nu există, de fapt, nicio ușă. Nicio ieșire. Niciun mit al salvatorului pe care îl poți strânge la piept. Niciun doctor ce îți poate coase plăgile deschise. Niciun îndrumător de suflete ce ți-l poate salva pe al tău.

Atunci începi să urli. Să îți descătușezi, pe loc, glasul. Să scuipi afară viermii ce au ros din tine. Ce și-au făcut cuiburi în tegumentele tale. Să-ți smulgi firele capilare și să le împrăștii peste celălalt „tu". Să-ți împungi, agil, pielea și să îți croiești găurele mici prin care să curgă seva a celui ce ai fost tu, până acum. Nimeni nu îți este aproape. Ești singur. Nimeni nu te va ține de mână. Nimeni nu te va suna. Ești numai tu și celălalt tu. Cel care-a murit pentru a fi născut din nou...

În acele momente, Cristoph se pierdu. Miliarde de poteci se închinau în fața lui, rememorându-i lecțiile prin care a trecut. Nu o dată sau de mai multe ori, ci de nenumărate ori. Un sens giratoriu în care se învârtise, singur, ajungând să cunoască fiecare bucățică de peisaj ce îl dezorienta. Cercul vicios al celor ce se lasă prăduiți de jefuitorii timpului.

Înghițind obosit în sec, o așteptă pe Martha.

Voluptoasă și lipsită de orice urmă de pudoare, aproape vulgară, își descoperi prosopul din jurul bazinului, lăsându-și formele la vedere. Păși lasciv, pe vârful degetelor înspre pat, pictând în urmă arome de săpunuri fine. Pielea-i albă încă mai purta picături adunate de apă, ce se prelingeau pe trupu-i dezgolit. Fără a scoate un sunet, se așeză cu ușurință lângă Cristoph, în timp ce pulpele ei se lipeau de genunchii lui. Lăsându-se pe spate și ghemuindu-se, cu patos, își adăposti corpul sub greutatea lui. Își ridică apoi capul, privirea, bărbia și începu să îl sărute.

— Mi-ai lipsit! Chiar și pentru un minut.

Cristoph nu spunea nimic. O sărută înapoi, petrecându-și mâinile peste goliciunea ei. Trupul lui se freca, în mișcări asimetrice, de al ei. Degetele lui îi mângâiau tibiile prin mișcări concentrice. Prinsă în valul îmbătat de atingeri, Martha clipi ușor și își închise pleoapele, în semn de capitulare. Se aplecă deasupra ei și începuse să îi sărute sânii goi. Palmele lui transpirate îi frământau acum în cercuri nedefinite. Trecându-și mâinile peste ei, o prinse ușor de gât, în timp ce limba lui se plimba pe claviculă. Martha strânsese cearceaful în pumni, dominată.

Apăsând tot mai tare pe gâtul Marthei, părea că nu mai vrea să îi dea drumul. Frenetic, își încordă rapid degetele, înfigându-și unghiile în jugulara ei. Martha deschise ochii, fără voce. Cu sânge rece, Cristoph o strângea tare. Tot mai tare. Zvâcnetul respirației ei trepida, în timp ce mâinile ei încercau cu disperare să îl lovească peste umeri. Tălpile îi tremurau într-o ultimă bătălie, iar picioarele ei rămâneau fără culoare. Fără sunete și ecouri albe... Suflul Marthei începea să o părăsească. Tot ceea ce putea auzi era vocea lui dintre lumi.

— Shhh, shhh, shhh! Totul se va termina acum. Promit...

Mâinile lui erau nedesprinse de gâtul ei, în timp ce ochii ei se înnegriseră. Sufocată lent, încercă să îi șoptească ceva, însă corzile vocale erau acum anihilate. Tăiate în zbaterile ei zadarnice de a lua o gura de aer. Oricât de mică. O strângea tot mai mult, până la învinețire. După o adiere scurtă, degetele ei cădeau acum, lin, pe lângă el. Corpul i se liniști, iar pielea i se răcise. Luând mâinile de pe gâtul ei, se îndepărtă ușor de ea, uitându-se în gol. Stătea în fund, ghemuit, privind la un trup fără suflu. O crimă deloc premeditată.

După un moment de nebunie temporară, își reveni, iar imaginația lui coborî la cote normale. Părăsit de gânduri nemernice, Cristoph se scutură și se uită în ochii ei.

— Cristoph, ești bine? La ce te gândești? Ai amuțit, dintr-o dată.

Privind-o îndelung și cu un aer mumificat, Cristoph plecă de lângă ea și se așeză pe marginea patului. Își prinse capul în mâini, masându-și tâmplele, apăsat.

— Mi-am imaginat că te omor, spuse el. Că te sugrum și mă uit în ochii tăi ce pierd din viață. Mi-am imaginat că ești moartă, lângă mine. Pedepsită definitiv pentru alegerile tale. Cred că asta meriți. Nu voi fi eu însă călăul tău. Cineva acolo jos, are grijă și de oameni asemenea ție. De oamenii ce ucid alți oameni. Lăsându-i fără vise, fără soare, fără secrete. Fără iubire...

Se ridică grăbită din pat și se propti lângă el. Cu un aer nevinovat și încolțită, cu vorbe ce clocoteau în purgatoriu, încercă să îl ia de mâini.

— Poftim? Ce te-a apucat? Ce e cu tine? Răspunde-mi...

Cristoph tresări sumbru.

— Te rog să nu mă mai atingi niciodată.

Ridicându-se de pe muchia scândurii, căuta comoda. Ochii lui mureau încă o dată, privind poșeta aruncată pe ea.

Martha se uită în direcția lui și înțelese.

O tăcere glacială se așternu peste amândoi. Nu mai era timp de crize, de scene inutile, de ascunzișuri, de minciuni și vorbe perfide. De omuleți meschini ce-i maltratau intimitatea. Adevărul era exact aici. În fața lor. Pe o bucată de lemn alb. Un adevăr imaculat și zdruncinător. O cutie a pandorei deschisă între universuri paralele. O cutie a secretelor ce adăpostește și hrănește monștri. Titani ce îți sfărâmă oasele în fuga ta de ei. De tine însuți.

— De ce? Doar atât vreau să îmi spui... De ce?

Lipsit de puteri, Cristoph aștepta răspunsuri. Le merita. Oricât de grave aveau să fie. Oricât de nimicitoare. Oricât de ucigătoare. O bună parte din el, oricum, murise. Nu mai avea nimic de pierdut. Poate numai șansa de a îndrepta, cumva, cerurile. De a repara un schelet lipsit de carne și de fibră. Dacă până acum trăise în Iad, din acest moment, pașii lui coborau la un alt nivel. Un Iad într-un alt Iad.

O fereastră cu obloane șubrede, ce dădea spre un infern apocaliptic.

Nu oricine poate ieși din așa ceva. Nu toți au puterea să calce peste tăciuni aprinși, peste jăratec milenar, mânjiți din cap și până în talpă de smoala ce le topește, acrilic, trăsăturile feței. Nu toți au puterea și dorința de a renaște din propria cenușă. De a se reconstrui, pas cu pas și bucățică cu bucățică. De a lipi la loc mintea, inima, plămânii, organele ce fierb sângele. Există însă un mugure firav în fiecare blestem. În fiecare centimetru de rug ars. Un mugure ce îl poți replanta. Îngriji, ca mai apoi să-l lași să crească în tine. O sămânță solitară de mâine. Un nou început. O nouă viață...

Timbrul vocii ei era sortit căderii. Se așeză pe cel mai apropiat scaun, cu spatele la el. Necutezând să îi întâlnească furia. Bolborosea aiureli în minte. În gânduri întortocheate de planuri eșuate.

— Am vrut să te protejez! Să nu mai suferi.

— Nu mă minți! urlă Cristoph. Măcar acum, în ultimul ceas trăit în același aer închis, nu mă minți!

Vocea lui atingea culmi. Se propaga în pereții casei, zguduind tablouri șterse de pe holuri.

— Tot ceea ce am făcut în ultima perioadă, am făcut pentru tine. Tot ceea ce am trăit în ultimele clipe, am trăit cu tine. Cum poți fi atât de nemiloasă? Cum ai putut să mă omori cu premeditare? Cu zâmbetul tău forjat în minciună? Cum ai putut să îmi faci așa ceva?

Tăcere...

— Răspunde-mi, Martha! Nu voi pleca de aici până nu voi avea ceea ce îmi doresc. Voi împietri sub acoperișul tău de-ar fi. Nu mă voi clinti din acest loc. Aici și acum îmi vei spune. Îmi vei spune tot. Așa cum am făcut-o și eu.

Dând la schimb sufletul meu pe oameni nechibzuiți. Punându-mi pe tavă trăiri și trupul gol pentru vipere ce mușcă, repetat, din piele și din mușchi.

Pentru Martha nu mai existau portițe de scăpare. Ușițe deschise prin care te puteai strecura atent și fără zgomot. Cheile erau acum aruncate în buzunarul unui singur om. Din prădătorul cu colți ascuțiți, devenise o pradă a propriilor decizii. O victimă ce-și aștepta sentința meritată.

— Am ascuns scrisorile de tine pentru că nu voiam să te întorci la ea. Voiam s-o uiți. Pentru totdeauna în infinitul apus. Să nu mai știi cum îi arată chipul. Mi-a fost teamă... Teamă că mă vei părăsi și îți vei lega din nou sufletul de-al ei.

— Nu ai puterea tu să decizi lucrurile acestea, răspunse el cu un glas lovit. Cine ți-a dat dreptul să te joci de-a Dumnezeu? Cine ți-a dat permisiunea să ne manevrezi haotic și să ne arunci într-un teatru de păpuși?

Martha începuse să plângă. Rimelul i se topea printre șiroaiele de lacrimi ce îi năpădeau obrajii. Își împungea buzele cu dinții, până la sângerare. De abia își mai simți consoanele. Grele. Obosite.

— Am crezut că totul s-a terminat între voi. Că nu mai existați...

— Așa e. Totul s-a terminat între noi. Între noi doi. Între mine și tine. Tot ceea ce ai încercat să câștigi. Trișând. Călcând peste oase. Zdrobindu-le. S-a încheiat...

Nu se mai putea opri din plâns. Cristoph se uită la ea cu revoltă. Nu simțea nici măcar milă. Nici măcar un sâmbure oricât de mic de compătimire. Era gol. Stors de tot ceea ce mai putea simți pentru vrăjitoarea din fața lui.

Fără pauze și hotărât, el continuă.

— Cum ai intrat în posesia lor? Spune-mi! Cum au ajuns la tine?

Fără ezitare, Martha își găsi cuvintele printre bocituri.

— Ana mi le-a dat. Mi-a spus... Mi-a spus că ea se ocupă de toată corespondența ta. Împreună... am... am... decis să le păstrez eu. De când a ajuns prima scrisoare în biroul ei și a descoperit că e trimisă de Helen, mi-a spus de îndată. Am rugat-o să ascundă orice scrisoare ce va sosi. Să mi le dea mie. Pe toate. A fost... de acord.

Cristoph era cuprins de agonie. Prins și aruncat mișelește într-un labirint de gheață. Chipul lui Helen era în capătul opus, iar el trebuia să ajungă la ea. Fiecare coridor înghețat al labirintului era păzit de cavaleri ai Iadului. Călăreți mascați ce erau pregătiți să îi reteze membrele, în încercarea lui de a se apropia și mai mult de ieșire. O misiune imposibilă și un test pe care l-a picat. Și dacă reușise să ajungă în ultima încăpere ce îl despărțea de ea, eșuase. Călăul ce păzea Exit-ul îl decapitase. Complotul suprem al celor care lucrează în umbră a fost îndeplinit. Iubirea dintre cei doi a fost distrusă. Martha și Ana au câștigat. Au reușit să îi țină la distanță. Să le amputeze relația și să îi închidă separat, pentru eternitate.

— Ce ușor vă trădați voi, oameni slabi! Oameni cu sufletul mâzgălit. Ce repede vă pasați vina, de la unul la celălalt. Ca într-un joc nevinovat. Vă meritați una pe cealaltă! Prietene desăvârșite... Și totuși nu înțeleg. Nu înțeleg de ce porți toate scrisorile cu tine. De ce?

— Le-am purtat cu mine mereu. De când au intrat în posesia mea. Am înnebunit, citindu-le. Zi de zi și noapte de noapte. Am vrut să trăiesc și eu trăirile voastre. Să am și eu parte de o asemenea iubire. Să ajung să o cunosc pe Helen. Să știu ce îi place. Să știu ce îți place ție. Să fiu ea. Să mă confund cu imaginea ei. Să fiu eu... să fiu eu a ta Helen...

— Ești nebună, îi rosti Cristoph, ridicându-se extenuat și îndreptându-se înspre comodă.

Se aplecă ușor deasupra poșetei și luă

toate scrisorile. Întorcându-se către Martha, o întrebă:

— Astea sunt toate? Fii sinceră cu mine!

— Da! Sunt toate. Până la ultima...

Îndreptându-se cu pași mototoliți către ieșire, se uită, pentru ultima oară la ea, măsurând-o din cap până în picioare, cu dispreț.

— Ești o nebună! țipă el. Nu vreau să te mai văd niciodată. De luni, tu și confidenta ta vă veți lua toate lucrurile din birou și veți pleca. Să vă evaporați. Să nu vă mai văd. Să nu vă mai simt prezența vreodată...

Depărtându-se de ea, gura lui șopti în urma ei.

— Oamenii care iubesc nu fac rău!

Apoi dispăru...

Martha se prăbuși de pe scaun, târându-se până la ușă. Unghiile ei lăsau urme în podeaua, acum, rece. Lacrimile i se înmulțiseră, lăsând dâre de suferință în jur. Chinuită de demonii ce s-au întors, dintr-o dată, împotriva ei, începuse să-și smulgă părul din cap. Cuvintele ei nu mai aveau nicio noimă. Cu genunchii juliți și cu inima neagră, cu pielea acum zbârcită și cu un chip funebru, cu glas răgușit și înecat, întinse mâna dreaptă înspre ușă, urlând pribeag:

— Te rog să mă ierți, Cristoph! Te rog din suflet să mă ierți. Te implor... nu mă părăsi!

Nu mai era nimeni care să o audă acum. Silabele îi erau înghițite, una după alta, fără urme de ecou. Trăia un monolog aspru. O înfrângere devastatoare. Coșmarul acum abia începe...

— Te implor... nu mă părăsi!

Cu o putere crescândă, Cristoph ajunsese aproape de casa lui. Era nerăbdător. Nerăbdător să stea singur, departe de ochi cotropitori, doar el, gândurile lui, un pahar de whisky și scrisorile lui Helen. Deși părticele din el decedau, și acum o parte din el încă mai cuteza să creadă. Să viseze la reîntâlniri, regăsiri interzise până în acest moment.

„Cred cu tărie că un om cu sufletul mare este exact ca omul din rândurile lui Blaga. Ajungi la el cu inima înghețată și cu țurțuri în minte. Acesta se uită la tine, îți oferă o îmbrățișare din priviri, iar mai apoi se întoarce cu spatele, cât pentru o secundă, își înalță mâinile și ia soarele de pe cer pentru a-l așeza, cu bucurie, în inima ta. Apoi pe chip. La final de zi, când ajungi acasă, te va suna să te întrebe dacă încă ești prieten cu razele lui. Căci indiferent cât de urât este afară, lumina din interior e singura care are sens, cu adevărat. Păstreaz-o acolo și încălzește-i, la rândul tău, și pe cei de lângă tine. Îți vor mulțumi!"

Rememora, cu drag, vorbele lui Helen dinaintea despărțirii lor și zâmbi. Sufletul îi râdea pribeag și chicotea. Asta simțea în acele momente. Indiferent cât de răpusă îi era inima, indiferent cât de anihilată îi era mintea, indiferent cât de frigid îi era trupul, încă mai credea. Sfârșiturile puteau, într-un final, să se transforme în dulce începuturi. Răspunsurile la atâtea întrebări puteau fi descoperite. Tainele sfinte dintre cei doi puteau fi dezgolite.

Ajungând în fața ușii, se opri puțin. Tremura. Deschise ușa, așeză cu grijă scrisorile pe masa din living, iar apoi se îndreptă spre baie. Fluvii îi gâdilau șira spinării în timp ce palmele se umezeau asiduu. Se propti, ușor dezechilibrat, de marginea chiuvetei și răsuci robinetul. Își ridică, amețit, chipul și se măsură în oglinda ce nu părea să îl cuprindă cu totul. Își dorea să se arunce sub duș și să adoarmă acolo. În timp ce apa rece îi trezea la viață trupul. Să se arunce într-un colț și să uite de tot. Nu era timp pentru așa ceva. Se dezmetici încet, aruncând haotic stropi peste ochii, deja, iritați. Ieși apoi grăbit, îndreptându-se înspre bar. Luă o sticlă de whisky, lăsând paharele în urmă. O deschise și începu să bea. Își întinse apoi, cu disperare, mâinile după scrisorile de pe masă. Le apucă în degete și se așeză pe scaun. Uitându-se, cu atenție, la ele începu să le ordoneze cronologic. Ochii lui se mișcau circular, dintr-o parte în cealaltă, căutând parcă, rămășițe de puzzle ce se ascundeau după cerneală. Deși era nerăbdător să le citească, ceva îi fereca curiozitatea. Îi era teamă. Teamă de ceea ce va găsi în rândurile lor. Teamă de necunoscut. De un adevăr pe care l-a căutat continuu, în tot acest timp. Precum teama de moarte. Se simțea amenințat. De o forță invizibilă ce putea să-i facă rău. Știa însă că trebuie să le citească. Știa că în ele zăcea acel mugure bine păstrat în palmă. Ferit de orice anomalie a vieții. De orice gând necurat și îmbălsămat în intenții bune. Îi era teamă că poate Helen a încetat să-l mai iubească.

Scuturându-și în întregime trupul și năpădit de unde ce îi electrizau fiecare parte de țesut, deschise prima scrisoare și începu să o citească.

Scrisoarea 1

Îmi amintesc că atunci când mă priveai în ochi, ochii mei se închideau fără de voie. Precum două luminițe controlate de un buton foarte mic, ascuns în inimă. Îți evitam privirea, iar degetele începeau să îmi tremure. Îmi amintesc că atunci când mă atingeai, pielea mea se rușina și milioane de fiori îmi năpădeau simțurile. Îmi amintesc că atunci când îmi șopteai, nu te auzeam decât pe tine. Timpanul mi se dilata și mă apropiam ușor, ușor de glasul tău. Îmi amintesc că atunci când mă doreai, mă simțeam cea mai iubită dintre femei. O mie de petale înflorite acopereau fiecare părticică și fiecare milimetru de epidermă. Precum liane îmbibate de tine. Îmi amintesc că iubirea noastră nu a murit niciodată. [...]

Cristoph înmărmuri. Își aminti. De promisiunea ce și-au făcut-o. De a-și scrie cuvinte ce imortalizau dorul. Hipnotizat de litere așezate perfect în foaie. De nuanțe și metafore ce îi scormoneau prin simțuri. Fraze ce căpătau sens, dintr-o dată. Mângâieri senine îi reveneau în minte. Bulversat într-un mod plăpând, îi citi rândurile până la capăt, lăcrimând. Puse apoi scrisoarea pe masă și tăcu în gând.

Își aruncă buimac arătătorul pe următoarea scrisoare, nerăbdător să îi încalece rândurile.

Scrisoarea 2

S-au demodat pantofii pe care îi purtai anul trecut? Nu face nimic! Părul îți stă la fel de bine. Te-aș ține de mână o viață și încă o zi în plus. M-aș juca cu firele tale și ți-aș presăra aripi de înger, pe umerii tăi goi. Ne-am plimba desculți, unul prin gândurile celuilalt. S-au demodat hainele din colecția râvnită? Nu face nimic. Ne dezbrăcăm rapid de ele și defilăm ca doi nebuni, unul prin mintea celuilalt. Ni s-a demodat mașina decapotabilă? Nu mai avem bani de alta nouă. O luăm la pas, dansând în cercuri printre „eu" și „tu". Printre „tu" și „eu".

S-au demodat și prietenii. Ăia care nu voiau să fim împreună. Îi schimbăm cu alții sau ne mulțumim cu noi doi. S-a demodat și vremea. Căci azi e soare, iar mâine plouă. Eu în sandale. Pe ele, rouă. Vom arunca umbrelele peste nori și ne vom lăsa udați din cap până-n picioare.

S-a demodat și timpul. Căci în prezența ta, toate ceasurile își caută limbile pierdute printre două bătăi de inimă. Atât de ușor paralizează clipa.

Însă, iubirea noastră nu s-a demodat. Iar pe tine... te-aș fi purtat mereu.

Mintea lui Cristoph era cotropită. Îngreunată acum de ecuații sofisticate la care nu găsea soluția. Respirația greoaie îi trăda prezentul. Derutat, ineficient, paralizat, răpus, își grăi:

— Și totuși tu m-ai îndepărtat. Tu ai rupt ațele ce ne-au legat. Tu, Helen, tu!

Trăirile lui Helen îl chinuiau cumplit. Născând și mai multe întrebări. Și mai multe rune ce nu își găseau perechea. Cristoph nu mai înțelegea nimic. Totul era, din nou, acoperit de o ceață deasă. Memoria îi revenea. Își sorbea, reticent, clipe dinaintea despărțirii lor.

— Îți mai aduci aminte când stăteam ca doi copii în iarba cu miros de ozon și număram stelele?

— Ooh, da! Adormeam cu umerii lipiți de noi și cu ochii ațintiți spre miazăzi!

— Îmi spuneai că adori verdele. Dar nu verdele pal. Voiai să mergem în Irlanda. Noi doi și o insulă de smarald.

— Ce suflete bogate în amintiri! Tu iubești roșul! Roșul aprins de asfințit! Tu și eu! Doi daltoniști perfecți ai iubirii. Nu ne deosebeam unul de celălalt. Eram unul și același. Două culori ce își împerecheau nuanțele în infinit. Eram cea mai fericită!

— Ce s-a întâmplat cu noi, femeie? Am murit împreună atunci când ai dat verdele pe alte culori șterse.

— Hai înăuntru, spuse ea. E frig! Știi că eu urăsc frigul...

Frig era și în ființa lui. Ger și pulbere. Pulbere albă și gust de fier...

Scrisoarea 3

Tu și eu, ținându-ne de mână. Nu făcându-ne cu mâna. M-am săturat de despărțiri subite. Le urăsc. E ca și cum ai părăsi marea, fără a-ți lua la revedere de la valuri. Precum tălpi ce nu mai ating nisipul încins de șoapte. Așa cum două buze nu își mai ating marginile.

Veșnicie în doi. Un singur pat, doar noi. O singură plapumă, doar goi. Un singur „Te Iubesc" rostit prin porii unui cearceaf pătat de mâinile noastre. Fără minți și inimi șifonate.

Veșnicie în doi. Cu telefoanele pe silent. Cu televizorul închis și jaluzelele trase peste clipe. Un singur ochi de lumină ce îți pictează irisul e îndeajuns. Două palme moi ce îți mângâie formele fine și uitate de cel de dinaintea mea. O amnezie acută a celui ce a uitat să-ți mai aducă soarele și luna de pe cer. El a uitat că pe astea trebuie să le ai în suflet.

Fără distanțe ce trebuie curmate. Fără lacrimi șterse și pătate. Fără zile în care nu îți pot auzi glasul. Fără nopți în care nu îți pot atinge pasul.

Veșnicie în doi. Tu, eu, mult soare, fără nori.

Subit a fost și momentul frângerii lor. Așa cum o poezie își pierde din strofe pe final de catren. Așa cum și-a pierdut și Cristoph suflul în lipsa adierii de odinioară. Cuprins de vinovăție și, parcă împușcat cu premeditare în dreptul sternului, se ridică în picioare, zbierând. Aerul gol din cameră îi era singurul martor sincer. Se apropie, tremurând, de birou, mistuit de revoltă, cu pumnii încordați.

Începu să lovească în perete, lăsând urme vizibile de furie peste tot. Își zdrobea, meticulos, oasele sub fâșii subțiri de tencuială ce cădeau peste brațele lui. Lovea atât de puternic, atât de surd, încât pumnii îi sângerau. Slăbit ca un ogar pe final de cursă, își înghiți vorbe de duh scăldate și înecate în salivă. Se certa singur și își plângea deciziile.

Nu i-am scris nimic. În tot acest timp. Absolut nimic. Am fost un ordinar. Fără cusur. Un șobolan scârbos ce a ales să se ascundă. Să-și mascheze putoarea sufletului prin galerii create minuțios. Am meritat să fiu otrăvit. Să simt gustul amar de bilă. Să plătesc păcate ce nu le-am băgat de seamă. Să mor în chinuri printre rugină și suspine. Să fiu răstignit pe cruci desfăcute în așchii. Să sufăr ca un câine abandonat în deșert. Sunt doar un om. Iar omul învață iubirea holbându-se la ceas, cronometrând-o. Iubirea însă nu are timp. Eu nu am avut timp de iubire. De iubit...

Scrisoarea 4

Atâtea contradicții, atâtea săgeți înfipte în inima amândurora. Atâtea lacrimi ce curg peste obrajii noștri. Atât dor, atâta suferință.

Nu vrei să devenim niște străini, din nou? Poate așa ne vom reîntâlni și ne vom îndrăgosti iar, unul de celălalt. Și dacă asta se va întâmpla, nu îmi promite nimic. Dar Nimic! Doar fii!

Rânduri puține pentru puținul rămas din Cristoph. Veritabile cascade de gânduri de dor. O iubire rămasă suspendată în cerul celor doi, până la finalul ei și al lumii. O minune ce a ținut puțin mai mult de trei zile. Pentru că uneori, luni și ani îți par crâmpeie de ore. Uneori, îți dorești să fii în comă. Conștient, în același timp. Să îngheți secundele și să le transpui în decenii. Tinerețe fără bătrânețe și fără boli ale sufletului. Uneori, îți dorești să îl privești pe cel de lângă tine, fix în mijlocul frunții. Să îi răpui curajul de a pleca și să îi servești Medusa din tine. Să-l împietrești temporar și să îi admiri formele. Să i le şlefuieşti, apoi, în mâini ce nu au cunoscut, până atunci, lutul. Să te îmbraci în chipul și asemănarea celui din fața ta. Ca mai apoi să împietreşti lângă el. Împreună, zidiți din același aluat frământat de străinii dinaintea voastră.

Chinuit de propriul glas interior, agoniza în eter. Goli aproape jumătate de sticlă de whisky. Cu ochii umflați și speriați, își pansa mâinile cu un sfert de batistă regăsită în buzunarul pantalonilor. Înghițea în sec. Își dorea să înșface toate scrisorile de pe masă și să le ia cu el pe terasă. Voia să își limpezească mințile. Voia aer. Drumul până afară însă îi părea imposibil. Era anchilozat. Cu mușchii atrofiați și vertebre deplasate.

Ridicându-se buimac în picioare, într-o clipită, auzul îi era scurtcircuitat de soneria telefonului. Era deja trecut de miezul nopții, iar gălăgia aparatului îi înnebunea firea. Apucă telefonul cu mâna dreaptă și se holbă în ecran. Martha. Și-ar fi dorit să îi răspundă. Doar pentru a-i aplica corecții verbale. Numai pentru a-i urla de la capătul celălalt al undelor, ținându-i un discurs bine pus la punct. Nu mai avea putere însă. Ceea ce a avut să îi zică, s-a zis deja. Se mai uită încă o dată la telefon, iar apoi îl strânse bine în palmă și îl zdrobi de pereții sufrageriei. Bucățele de plastic și îmbinături microscopice de metal se răsfirau în aer, ocolindu-l. Umbra Marthei nu îi dădea pace. Îl urmarea și îi obstrucționa toate viziunile. Chiar și acum, după descătușări de adevăr, se simțea în mijlocul unui cuib de viespi. Înțepături chirurgicale îi marcau trupul sub paloarea unei băuturi ce nu își mai făcea efectul.

Cum poți scăpa de demonii pe care i-ai lăsat să-ți calce pragul? Cum poți alunga strigoii ce îți lovesc în geamuri, înconjurând perimetrul ființei tale? Cum poți șterge cu un burete uscat, mâzga ce se prelinge, inevitabil, pe solzii tăi înmuiați? Întrebări fără răspunsuri pentru Cristoph. Tot ceea ce îl ținea treaz era un mănunchi de scrisori și o băutură tare. În timp ce morții vii de afară îi dădeau târcoale. Se așeză, din nou, pe canapea...

Scrisoarea 5

Ai simțit vreodată un gol teribil în stomac? Precum un șobolan ce te roade pe dinăuntru și-ți macină intestinele, lăsându-te fără sânge și gânduri albastre? Ai simțit vreodată dezamăgirea? Ca o prăpastie de vise în care pici, legată fiind cu șnururi fine în jurul gleznelor? Infernul lui Dante e un carusel de emoții colorate pe lângă femeia neiubită. Femeia neiubită e un diamant tăiat și aruncat printre orologii. Neșlefuit. Neterminat. Exact așa e femeia neiubită. Neterminată. Din talpa piciorului și până în creierul mic. Acum, tot ce contează pentru mine, îmi ocolește inima.

Dar te-am iubit, își spuse Cristoph. Te-am iubit atât de mult! Încă o fac și acum. Te-am iubit, Helen! De la prima ținere de mână și până la ultima. De la primele vorbe născocite în minte și până la vise în care amândoi pluteam, cu gândul în depărtări necunoscute. Cum poți spune că nu te-am iubit, când tot ceea ce sunt acum, sunt datorită ție? Pe jumătate viu, pe jumătate mort. Te-am iubit ca pe singura femeie sortită mie de la începutul veacurilor, te-am iubit ca pe copilul pe care l-am primit în dar să-l cresc, să-l apăr de răutatea lumii, de capcanele invidiei, de piedicile fricii, de mrejele înșelăciunii care ademenesc candoarea, dorind să o pervertească... Te-am iubit ca un prost, un idiot banal și necioplit, un idiot fără cerul care l-a creat... Te-am iubit ca un idiot împiedicat în bezna neînțelegerii, lipsit de fulgerul profunzimii care te-ar fi-nțeles...

Monologul lui amenința dezamăgirea. Vorbea cu voce tare, cu mâinile ude pe scrisoare și cu ochii potriviți și goi. Îi vorbea lui Helen de parcă o vedea aievea. De parcă se desfășura în fața lui, fără a o putea atinge. Fără a fi auzit. Ca o nălucă devastatoare ce poposește pentru o secundă la un pas de tine și îți ascute simțurile. Lăsându-te, mai apoi, în aceeași singurătate.

Trecuse aproape o oră de când ajunse acasă și își aruncă capul în scrierile ei. O oră învăluită în sute de cuvinte ce îi încercau spiritul. Un test al omului de pretutindeni. Un fel de inițiere a sufletului. O rutină prin care trebuia să treacă pentru a se căli și mai mult. Dacă înainte își dorea să le citească, acum și-ar fi dorit să le uite. Să le adune pe toate într-un singur loc și să le dea foc. Și mai multe întrebări îl dezorientau. Și mai multe regrete se răsfrângeau asupra lui, răpus fiind de incertitudini.

Își frecă ochii cu mișcări rapide, în timp ce puse mâna pe ultimele două scrisori. Încă nu era târziu. Încă mai putea să afle răspunsurile mult așteptate. Încă mai avea de parcurs un segment de drum ce îl putea conduce spre adevăr.

Scrisoarea 6

M-am îndrăgostit de tine iremediabil. Din clipa în care mi-ai pășit pragul și m-ai tulburat, alergându-mi prin toate coridoarele. Nu am crezut că voi putea să mă atașez atât de repede de cineva. Să las garda egoului jos și să devin una cu tine. Tu m-ai făcut să simt. Să simt ce nu am mai simțit până atunci. Să îmi permit să cred. Că nu toți oamenii sunt la fel. Tata nu m-a învățat asta. Am moștenit de la el o duritate crudă și o detașare. M-am ferit de toți bărbații ce au apărut în viața mea, până la tine. Temătoare. Necutezând să privesc înainte. Poate din același motiv, toate relațiile mele au eșuat. Mi-am ridicat ziduri. Tu ai reușit să le escaladezi. M-am înconjurat de ghețari. Tu ai reușit să îi topești. M-am baricadat, singură, în fortăreața mea. Am închis toate porțile, am ridicat toate podurile și mi-am ferecat toate simțurile. Ai reușit să mă cucerești. Am închis ochii și am plutit. Împreună. Am pășit spre noi orizonturi. Mi-am lăsat străinii din mine să își elibereze lanțurile și să mă părăsească.

Of, Cristoph... Sunt atât de multe lucruri pe care nu le înțelegi. Atât de multe lucruri ce mi-au înlocuit somnul cu coșmaruri. Cu ispite nevrednice. Lucruri ce mi-au provocat silă. Dorințe încununate în deznădejde. În capitulări precise ce-ți pun ființa la pământ și te obligă să rămâi jos. Cu fața lipită de un asfalt încins. E ca o forță malefică ce îți zdrobește craniul, iar apoi ți-l reconstituie. Un chin din care nu mai poți scăpa. O zi a cârtiței, ce se repetă în infinit. Un fel de oglindă ce ajunge să îți arate tot ce e mai rău în interiorul tău, ca mai apoi să te cuprindă și să te tragă în ea. Cum e să străbați propria cușcă și să cauți o fereastră, oricât de mică, prin care să îți strecori ultima fărâmă din tine și să te scurgi, scăpând de barele de oțel din jurul tău? Cum e să te lovești de întuneric, căutând orificii prin care lumina își face loc? Cum e să respiri sub apă, atunci când mâini invizibile îți apasă ceafa și nu te lasă să te ridici la suprafață? Iadul pe care l-am trăit și în care încă mai revin, e real. Așa cum e și iubirea mea față de tine. O iubire ce nu s-a stins. Nici măcar atunci când ne-am spus Adio. Poate că a devenit mai puternică. Matură. Poate că s-a transformat, elegant, în suferințe sublimate de-a lungul călătoriei noastre. Poate că acum te iubesc mai mult decât am făcut-o înainte. Poate că meriți să îți spun adevărul....

Trecând de jumătatea scrisorii, Cristoph lăcrima. Știa de suferința ei. Știa de Iadul în care se scaldă și cunoștea călăii ce îi îmbinau, mișelește, rămășițele de nădejde. Nu a ajuns să îi cunoască însă de aproape. Nu a dat niciodată mâna cu ei. Poate de asta nu o înțelegea. Poate de asta nu i-a descifrat deciziile. Un lucru este să privești în Infern de deasupra lui. Cocoțat fiind pe piscurile cele mai înalte. Cu totul alt lucru este să îl trăiești. Să fii în epicentrul lui. Să îți plimbi tălpile goale prin lavă. Să arzi din cap până în picioare. Să simți temperaturile nebune ce îți clocotesc globulele roșii. Iadul lui era total diferit de al ei.

Își încordă spatele și se aruncă, din nou, în scrisoare. Citea...

[...] Poate că meriți să îți spun adevărul. Un adevăr pe care l-am ținut ascuns atât de mult timp. Asemenea unui proaspăt–născut pe care îl ferești de intemperiile acide din preajmă. Am ferit acest adevăr și l-am încuiat. Chiar dacă te-am rănit, ascunzându-l de tine. Nu mă voi aștepta să mă ierți pentru ceea ce s-a întâmplat. Pentru decizia de a ne despărți. Nu mă voi aștepta nici să mă înțelegi. Să îmi descoperi mo-

tivele din spatele ei. Datoria mea este să o fac. Să îți deschid ochii și să mă vezi, cu adevărat. Să nu mai fii nevoit să te uiți la noi prin gaura cheii. Acum, te voi invita în lumea mea. E timpul să știi... Să știu...

Finalul era aproape. Mai avea de citit o scrisoare. Își dorea teribil de mult să găsească ultimele note de adevăr, presărate în rândurile ei. Șapte scrisori. Șase scrisori citite. O ultimă piesă din puzzle ce trebuia ridicată și potrivită în blocul de piese ce formau un întreg zdruncinant. La fel cum un serial își deschide toate sezoanele. Lăsându-te să guști deznodământul. Așa cum o carte își deschide filele și te așază în ultimele ei pagini. Așteptând, cu sufletul la gură, concluzia. Un maraton la care participi, apropiindu-te de linia de finish. Transpirat. Gâfâind a durere. Obosit. Terminat și fără putere în glas. Totuși, împăcat cu tine. Că ai rezistat până în ultimul moment. Un drum revelator pe care l-ai parcurs singur. Așa cum pelerinul adună pietricele în vizita lui spre capătul pământului. Toate încep să prindă contur. Să aibă sens. De la primele iscălituri iscodite pe un colț de hârtie mată și până la ultimele litere ce formează un obelisc de trăiri.

Scrisoarea 7

Epilogul

Uneori, ți-ai dori să uiți tot. Să ai creierul lobotomizat de mii de curcubeie ce-ți străpung sinapsele. Să fii purtat de unicorni și să călărești gânduri, milioane de trăiri, nori albaștri. Uneori, ți-ai dori să nu mai știi nimic. Să nu-i mai recunoști pe cei care ți-au smuls din inimă. Să nu-i mai pui la suflet pe cei care ți-au spart oglinzile. Spunându-ți că tu ești frumos numai atunci când ei voiau. Uneori, te saturi să mai fii regină. Atunci când regele e îmbătat de o nebună. Atunci când soarele se mută și el pe lună. Când mozaicuri se desprind din castelul vostru. Un castel de nisip în care cei dragi și-au împiedicat tălpile. Uneori, ți-ai dori să uiți tot. Castele, soare, lună și-un nărod.

Mi-am dorit să te uit. Să nu mai știu nimic de tine. Să îmi încalc toate promisiunile pe care ni le-am făcut atunci când am ales să mă desprind. Mi-am dorit să nu mai fiu eu. Să mă prefac în jăratec amar și în praf de diamante negre. Am ales să renunț. În primul rând, la mine. Să încetez să mai lupt. Obosisem. Boala mamei mele a însemnat începutul sfârșitului pentru mine. Moartea ei, negura în care m-am afundat. După ce mama a plecat, am considerat că am pierdut tot. Pe tine te pierdusem, deja, printre secunde. Firicele din mine erau pregătite pentru a înfrunta un nou capitol definitoriu al vieții mele. Nu am știut cum voi trece peste tot ce mi-a necrozat inima. Nu am știut dacă voi supraviețui în calvarul trăit cu brutalitate.

După primele drumuri la doctor și după ce am aflat cât de gravă este starea ei, mi s-a recomandat să fac și eu un control de rutină. Mi-am spus că nu e nevoie. Nu mă puteam gândi atunci la mine. Mama totuși a insistat. Voia să fie liniștită, știind că eu sunt sănătoasă. Am acceptat, într-un final. Primele seturi au ieșit bine. După aproximativ două săptămâni, le-am repetat.

Rezultatul nu mai era același, cum nici noi nu mai puteam rămâne aceiași. În urma discuției avute cu medicul nostru curant, am aflat că mi s-a descoperit un punct pe creier. Rezultatul tomografului a fost superficial. Am fost reprogramată pentru un RMN.

Vestea mi-a dat lumea peste cap. O tumoare cerebrală primitivă. Nu am avut niciun simptom. Nu țin minte să fi avut dureri de cap sau amețeli. Nu m-am simțit niciodată rău. Fără semne clare. Singura durere de cap se instalase în suflet, legată fiind de starea mamei mele. Medicul mi-a recomandat biopsia cerebrală. Am refuzat cu desăvârșire. Nu voiam să afle nimeni. Ei nu i-am spus nimic. Nu puteam să îi fac asta. Am hotărât, împreună cu doctorul, să păstram secretul. Să îl iau cu mine în pământ. În zilele ce au urmat, au apărut și imaginile. Am fost devastată. Îmi amintesc că mă vedeam, peste mulți ani, suferind așa cum mama suferea atunci. Că voi simți aceleași dureri. Că îi voi ridica crucea de pe jos și o voi purta la rându-mi. Concentrându-mă pe boala mamei mele și pe grija față de ea, am încercat să îmi șterg memoria. Să mă de-

conectez de la problemele mele. Mi-am acceptat soarta, dacă mă gândesc bine, am fugit de ea! Cu greu. Între mine și tine, intensitatea creștea. Parcurgeam niveluri seducătoare, consolidând și mai mult legătura strânsă dintre noi.

Aici am intervenit. Atunci m-am hotărât să te alung. Definitiv. Atunci mi-am sfâșiat felii din mine, lăsându-te pe tine să îți continui drumul. Fără mine, alături. Nu am putut niciodată să mă văd împreună cu tine, bolnavă. Nu am vrut să retrăiesc momentele pe care le-am trăit cu ai mei. O povară pe care nu o meritai, iar eu nu eram pregătită să o duc. Se spune că plătim păcatele părinților noștri. Poate e real. Și totuși de ce să le simtă și alții pentru noi? Eu nu am putut să-ți fac așa ceva. Să te târăsc în groapa mea, salvându-mă. Am hotărât să renunț. La noi, la tine, la tot ce am trăit. Să îți dau drumul, știind că poate nu te voi mai privi niciodată. Mi-am asumat lucrul acesta. Oricât mi-a fost de imposibil. Oricât de mult am plâns, fără ca nimeni să știe. Să empatizeze cu zvâcniturile mele... Așa am gândit atunci...

Cristoph citea și plângea...

Poate am greșit. Poate am fost egoistă. Pesemne că așa a fost să fie. Nu m-am temut de ce se va întâmpla cu mine, sau poate că nu am vrut să-mi recunosc mie că mi-e teamă, cred că m-am temut mai mult de ceea ce se putea întâmpla cu noi, de parcă noi am fi dintr-o dată stăpânii destinelor, al nostru și al celuilalt, de parcă noi hotărâm totul sau putem schimba ce trebuie să fie înainte de a fi! Ce naivi! Ne dăm seama că nu putem păcăli ceea ce trebuie să se întâmple și atunci, încercăm să ne păcălim pe noi.

Acum îmi dau seama că m-am temut pentru tine, m-am temut, mai bine zis, de tine și de mine. De oamenii care au trecut prin viața mea și pe care nu mi-am dorit să îi oglindești. Poate că m-am protejat eu. De hotărâri neluate. Poate că nu am vrut să îl văd pe tatăl meu în ochii tăi. Poate că m-ai fi părăsit așa cum a făcut-o el. În ceasuri gri. Și asta trebuia să îmi asum!

După moartea mamei mele, m-am hotărât

să țin cont de sfatul medicului și să îmi programez biopsia. Eram pregătită pentru orice urmă să aflu. Într-un final, rezultatul a fost negativ. Alarmă falsă. Am luat totul ca un semn divin. Era deja prea târziu. Tu erai plecat din viața mea. Împins de mine către margini. Aruncat în zări, departe. Ca un boomerang de care te descotorosești, fără a aștepta să se întoarcă.

A urmat o perioadă de curățire. De expulzare a mizeriei pe care am acumulat-o. O perioadă de regăsire. De împăcare cu mine și cu Cerul în care, temătoare și slabă, nu am crezut destul. Nu am crezut în Dumnezeu, în faptul că orice boală este o suferință și o binecuvântare, nu am crezut în tine, nu am crezut destul în iubirea noastră... Nu am mai crezut în nimic, am încercat să mă sprijin egoist doar pe umerii mei firavi și am alunecat în spaimă, în depresie... Nu am mai simțit nimic altceva, decât o împietrire a simțurilor care mi-a paralizat orice trăire, orice speranță, orice gând de iubire. Am ales calea terapiei, acceptând cu greutate o luptă piept la piept cu mine însămi, cu temerile mele și cu neputința de a crede. Nu știu dacă m-am iertat cu totul. Dacă am exilat durerea ce m-a cuprins. Dacă m-am reîmprietenit cu lumea. Știu însă că sunt încă aici, scriindu-ți, zâmbind printre măsele ce tortureazǎ maxilarul. Printre scrâșnituri de dinți și de suflet. Dacă eu nu m-am iertat destul, măcar am reușit să mă înțeleg. M-am hotărât să-ți scriu, pentru că ai dreptul să știi ce s-a întâmplat și pentru că nu îmi mai doresc decât să mă ierți.

Ne place să credem că ne sacrificăm din iubire, că vrem să-l ferim pe celălalt de suferință, când, de fapt, ne ferim pe noi, ne ferim să trăim iubirea care poate să însemne despărțire, uitare, moarte... Credem că ne-am găsit prin iubire și refuzăm să o trăim până la capăt, convinși fiind că întâmplări teribile, independente de noi, ca niște fulgere care te trăsnesc, ne schimbă orbita, aruncându-ne departe de noi, departe de ceilalți, condamnați să alungăm iubirea cu care am fost binecuvântați! Greșit! Greșit!

Imaturitatea noastră, frica de noi și de celălalt, neputința de a primi încrezător tot ce se întâmplă, ne determină alegerile! Nu aveam niciun drept să nu îți spun ce s-a întâmplat cu mine, trebuia să știi și să hotărăști tu, să hotărască dragostea noastră, nu eu. Mama și-a păstrat zâmbetul și bunătatea, și credința în fața morții și după ce tata ne-a părăsit! Sunt convinsă că l-a iertat și l-a înțeles, chiar înainte de a ne părăsi. Eu nu am reușit să fiu ca ea! Alegând să te alung, fără să-ți spun nimic, am fost lașă și slabă ca tatăl meu, am fugit de iubire și de suferință, condamnându-te să faci același lucru, fără să alegi tu însuți! Acum știu, am înțeles și l-am iertat pe tata. Asta mă va ajuta să mă iert și pe mine!

Am doar nevoie de iertarea ta... Nu am avut încredere destulă în tine și în noi, aruncându-mă singură în disperare și singurătate. Rândurile mele te vor găsi poate prins într-o altă iubire, așa cum meriți, se vor ciocni poate de indiferența sau uitarea ta, sau te vor găsi furios pe mine, pentru că nu am știut să te iubesc, am iubit clipele noastre pe care, nereușind să le împletesc în eternitate, le-am risipit și le-am aruncat în zări, ca niște note muzicale minunate, cărora le-am luat dreptul de a-și compune melodia... Indiferent cum și unde vei fi, vreau să știi că tot ce s-a întâmplat între noi m-a ajutat să învăț să iubesc, m-a ajutat să îmi înving teama, să trăiesc fără să iscodesc viața cu întrebări ale căror răspunsuri se găsesc în mine...

Nu știm niciodată cât durează iubirea, am vrea cumva să o încuiem în cămara sufletului nostru și să rămână acolo, pe veci... în loc să ne lăsăm purtați de ea! „Dragostea nu se dă bătută niciodată!", ce cuvinte sublime și cum am uitat să credem în ele! Ne este rușine să mai pronunțăm astfel de replici de film, desuete și caraghioase, ne este rușine să rămânem copii și să credem în noi și în ceilalți, vrem să devenim adulți, luăm hotărâri de adulți imaturi, sugrumați de teamă și de prejudecăți, și ce facem? Alungăm copilul din noi și alungăm iubirea, în loc să rămânem și copii și să ne-o asumăm ca adulți! Așa de copii suntem noi oamenii, mai ales atunci când ne îndrăgostim, ne lăsăm dintr-o dată purtați de cel mai frumos sentiment, pentru ca, la cel mai mic vânt, să devenim dintr-o dată adulți, să ne speriem, uitând curajul copilăresc de la început... Așa de copii suntem noi, oamenii...

Îți mulțumesc, Cristoph. Îți mulțumesc pentru că ești. Pentru că ai fost. Pentru că am fost și sunt ceea ce sunt, acum, prin tine. Îți mulțumesc pentru umbrele tale, pentru flori de câmp, pentru atingeri, pentru călătorii cu mintea, pentru sinceritate. Pentru ziua de ieri și azi. Pentru mâine ce se așterne cu lumina. Pentru picături de ploaie, săruturi, culori, povești și pentru iubirea ta. A fost pentru mine totul. Ca o carte de colorat pentru oameni mari.

Sper să mă ierți în lumea asta. În cea viitoare să ne regăsim râzând. Pășind alături, printre pietre reci...

~ *Helen*

Ultima scrisoare l-a pus în genunchi. Cu mâinile așezate pe podea, rosti, printre lacrimi:

— Helen...

Se ridică apoi cu greu, își îndreptă pașii spre bibliotecă și luă în mâini cartea primită în dar de la ea. Îi șterse cu grijă coperțile, deschise prima filă și citi:

— Iubind-o pe Ea...

Mulțumiri

Îi mulțumesc lui Dumnezeu pentru darul primit, putere și susținere. Fără El, nimic nu e posibil.

Îi mulțumesc logodnicei mele, Diana,
pentru inspirație și pentru faptul că
a fost alături de mine și m-a adus mereu
pe linia de plutire atunci când am deraiat.

Le mulțumesc părinților mei
pentru tot ajutorul acordat
și pentru că am avut de învățat enorm de la ei.

Îi mulțumesc lui Andrei (BADesign)
pentru copertă și munca depusă.

Îi mulțumesc lui Ionuț
pentru ilustrații și pentru efort.

Le mulțumesc celor de la Editura Stylished,
Bogdan și Oana.
Împreună, vom atinge vârfuri înalte.

Nu în ultimul rând, le mulțumesc cititorilor mei dragi pentru că m-au ales și mă citesc. Fără ei, poate, această carte nu ar fi văzut lumina zilei.
Vă iubesc și vă respect!

Al vostru condei de suflet,

„Desculță printre,
Pietre reci
Și cuvinte seci.
Singură tu
Mă înveți.
Prin gânduri,
Seara
Tu îmi treci.
Ești ocupat,
Iar inima
Îmi arunci
Departe.
La fel,
Ca într-un meci.
Privirea
Îmi îngheți.
Când tu,
Iar pleci
Mai bine
Fapte
Să-mi dezgheți.
Printre
Pietre reci,
M-am săturat.
Prin gânduri
Să îmi treci..."

Mulțumesc pentru poezie, Arabela Trinca.

Desculță printre pietre reci/ *Alexandru Chermeleu*
Timişoara: Stylished 2018
ISBN: 978-606-94540-6-0
Vol. 1. - 2018. - ISBN 978-606-94540-7-7

Editura STYLISHED
Timişoara, Județul Timiş
Calea Martirilor 1989, nr. 51/27
Tel.: (+40)727.07.49.48
www.stylishedbooks.ro

Corectură, redactare şi restilizare: Oana Călin

Editarea grafică a fost realizată în parteneriat cu

BADesign Studio

www.badesign.ro

Tipar: Artprint Bucureşti